ISABELLE

ET

JEAN D'ARMAGNAC.

A peine le Brigand eut-il soulevé la Trappe
qu'Isabelle d'un coup d'épée dans le Sein le fit tomber
mort aux pieds de son Camarade .

ISABELLE

ET

JEAN D'ARMAGNAC,

OU LES DANGERS

DE L'INTIMITÉ FRATERNELLE;

ROMAN HISTORIQUE.

PAR J. P. B.

> .... Se choisit-on des fers ?
> À-t-on le tems de chercher et d'élire ?
> Raisonne-t-on ? L'amour est un délire.
>   BERNARD, *Art d'Aimer.*

QUATRIÈME PARTIE.

A PARIS,

Chez MARCHAND, libraire, Palais du Tribu-
nat, première galerie de bois, près du passage
Valois, n°. 188; au passage Feydeau, n°. 24,

Et FUCHS, libraire, rue des Mathurins.

AN XII. (1804).

~~~~~~~~~~~~~~~~~~~~~~~

ISABELLE

ET

JEAN D'ARMAGNAC,

OU LES DANGERS

DE L'INTIMITÉ FRATERNELLE;

QUATRIÈME PARTIE.

CHAPITRE PREMIER.

CETTE Christina, diront quelques lec-
teurs, est un personnage dont on aurait
bien pu se passer. « Que nous importait,
diront-ils, cette fantaisie de trois con-
currens pour une beauté passagère ? Si
l'auteur n'en avait pas parlé, son ouvrage eut été moins mauvais sans doute,
on lui aurait pardonné tant de défauts en
faveur de son respect pour les mœurs. »

Faudra - t - il donc venir toujours à nouveaux frais pour ma justification ? Je n'ai point trahi les mœurs du quinzième siècle, en faisant voir le caprice de trois guerriers pour une femme sans pudeur. Je n'ai pas nui à celles de notre tems, où ces évènemens sont d'usage, et certes ! ce qui se passe sous nos yeux est d'un bien plus dangereux exemple que ce que nous lisons dans un roman, aussitôt oublié que lu. Pourquoi donc aurais-je tenu caché ce que les historiens ont cru digne d'être rapporté ? Pensez-vous, messieurs mes censeurs, que les jeunes gens soient tentés, d'après la conduite de Christina, d'aller imiter auprès de nos nécromanciennes la duperie du comte de Foix, de Charles et de Lescun ? Combien un amour pur et légitime leur semblera préférable aux viles passions de Christina !

On pourra blâmer encore l'effet du filtre, sur-tout lorsque, dans ce qui va suivre, on en verra les tristes effets :

mais, en écrivant l'histoire de d'Armagnac, il aurait donc fallu tronquer les
faits à tout moment, et ne présenter plus
qu'un ouvrage sorti de mon imagina-
tion ? Je ne me suis pas senti ce courage, qui n'eût été qu'une tromperie.
Tout ce que je me suis permis, a été
de gazer les choses un peu plus qu'on ne
le faisait alors : car, au bon vieux tems,
on disait assez crûment ce qu'on avait
dessein de dire, et l'on ne prenait pas
les détours que nous observons.

Après ce petit avertissement, reve-
nons à nos héros, et voyons sur-tout la
pauvre Isabelle, que nous avons laissée
dans la ville d'Osma, entre les mains
d'un magistrat coupable, qui lui inspire
une entière confiance. Nous savons qu'il
a fait donner à Isabelle une potion soporifique, à la suite de laquelle cette
jeune guerrière a reconnu que la défiance devait être, au milieu d'un monde
tel que le nôtre, la sauve-garde du juste,
et par conséquent une de ses principales

vertus. Quand on est bon , sensible, généreux , on remplit une grande partie
de sa tâche envers les hommes; mais,
si l'on est sans défiance , ne la remplissant pas envers soi-même, dont on doit
aussi prendre soin , on n'a pas accompli
tous les devoirs de la société.

A son réveil, Isabelle se trouva dans
une chambre isolée , éclairée par une
fenêtre de huit pouces en carré , dé-
pourvue de toute espèce de meubles , et
reconnut qu'elle était sur un peu de
paille, dépouillée de ses armes et de son
armure.

Elle crut d'abord que tout ceci était
un songe; elle avait la tête encore singulièrement étoupée; elle pouvait à peine
débrouiller la confusion de quelques pensées. Ce trouble inconcevable pour elle,
était l'effet de la potion soporifique qu'on
lui avait donnée. Elle se leva , se promena , s'agita, et parvint à se ressouve-
nir un peu de ce qui s'était passé la veille;
et se voyant sans armure et dans cette

espèce de prison , elle ne douta point
qu'elle n'eût éprouvé quelque trahison.
Elle vit une petite porte ; elle fit de vains
efforts pour l'ébranler ; elle était solide
et inattaquable comme le mur. Elle se
fouilla , et ne trouva plus son or ni ses
diamans. Cet accident ajouta à la douleur que lui causait la perte de sa liberté.
Elle ne regrettait pas ces choses comme
parure , mais comme secours ; elle les
avait considérées comme sa ressource
unique dans l'abandon universel auquel
elle s'était volontairement condamnée.

Après avoir fait de tristes , mais de
bien inutiles réflexions sur sa situation
présente et future , elle fut heurter à la
porte , mais personne ne parut. Elle
passa ainsi toute la journée ; la nuit vint
et redoubla ses tourmens. Pendant toute
la journée elle n'entendit pas un son ,
pas un bruit quelconque qui lui annonçât qu'il y eût au dedans ou autour de
ces murs aucun mortel.

Vers le milieu de la nuit , comme elle

était sur son grabat, elle entendit du bruit à la porte ; elle se leva précipitamment et, voyant entrer deux hommes et une femme, elle se jeta sur eux comme voulant les renverser, forcer la porte et fuir ; mais, vain espoir ! elle vit plusieurs hommes armés de piques dont les pointes, tournées vers l'entrée de sa prison, lui promettaient la mort si elle osait sortir.

Isabelle se décida donc à attendre le résultat de ce qu'on lui voulait. Les hommes étaient chargés de matelas, d'un peu de linge, d'une couverture, de quelques vases propres aux usages de la vie, et la femme lui portait de la nourriture. Elle leur fit plusieurs questions, ils ne parurent pas les écouter ; ils avaient l'air de machines à figures humaines, et après avoir déposé tout ce qu'ils avaient apporté, ils sortirent avec le même silence, et sans même avoir jeté un seul regard sur elle.

Isabelle conclut de cette conduite

qu'elle était tombée entre les mains de quelque tyran , qui la faisait servir par des êtres qui avaient ordre , peut-être sous peine de mort, de ne pas répondre à ses questions.

Après avoir passé le reste de la nuit, dans mille pensées vagues et bien tristes, Isabelle vit naître le jour qui, arrivant par le trou dont j'ai parlé, et à travers un mur qui avait douze ou quinze pieds d'épaisseur, ne portait qu'une très-faible clarté dans sa sombre demeure. Quand elle vit le jour, cependant, elle fut un peu moins affligée ; quand je me désolerais, dit-elle, quand je me donnerais la tête contre l'angle de ces murs , et que, me livrant au désespoir , je répandrais des torrens de larmes, ou que je verserais mille malédictions sur mes oppresseurs , je n'en serais pas plus remise en liberté, et je n'en serais que plus malheureuse. Sachons donc tout attendre de la volonté de Dieu.

Ces pensées devinrent une véritable

consolation. Elle se promena quelque
tems dans sa prison qui était assez vaste,
et appercevant enfin les provisions en vivres qu'on lui avait apportées la nuit,
elle s'en approcha et vit que les nourri-
tures offertes étaient d'excellente qualité.

Isabelle eut bien de la peine à conci-
lier cette espèce de bienfaisance, avec
la trahison qu'on avait exercée envers
elle. Prenant ces provisions nombreuses,
elle les porta près de la fenêtre et choisit
ce qui pouvait lui convenir; viandes,
vins, fruits, pain d'excellente qualité,
rien n'avait été épargné; elle déjeuna
de bon appétit et se trouva mieux; vers
le déclin du jour elle fit un autre repas,
et voyant arriver la nuit, elle fut se
mettre sur son lit où elle s'endormit profondément jusqu'à ce que vers le milieu
de la nuit, comme la veille, elle entendit du bruit à sa porte, se leva aussitôt
et vit entrer la même femme et les deux
mêmes hommes, chargés encore de nouveaux meubles et de nouvelles provi-

sions, parmi lesquels étaient de la lumière, un briquet pour s'en procurer au besoin, et quelques livres d'histoire et de dévotion.

Pendant qu'elle examinait ces sortes de bienfaits, les deux hommes faisaient son lit qu'ils avaient fortifié de plusieurs choses capables de le rendre meilleur. La femme arrangeait et appropriait tout ce qui concernait son appartement; tout cela se faisait dans le plus profond silence, et sans que personne jettât les yeux sur elle. Elle essaya d'interroger, mais voyant que ces trois personnages ne faisaient pas même semblant de l'entendre, elle cessa ses questions.

Le travail de sa chambre achevé, l'on se retira, lui laissant la lumière, et tout ce qui pouvait être utile aux besoins de la vie.

Il s'écoula ainsi quatre jours sans qu'Isabelle eût rien autre chose à desirer que la liberté. Cependant il lui vint à l'idée de demander une compagnie; elle ai-

mait les chiens ; la voix d'un de ces
animaux intéressans, qu'elle avait entendu pendant le jour, lui avait fait
naître l'idée de cette demande. En conséquence, quand ses automates parurent, elle dit : « Puisque je suis privé
de la société des hommes, ne pourrais-
je recevoir dans ma demeure un chien
gai et caressant qui m'aidât à trouver
moins pénibles les heures de la journée ? » On ne lui fit pas le moindre signe
qui annonçât qu'elle eût été entendue ;
mais le lendemain, à l'heure où l'on portait ses provisions accoutumées, elle vit
entrer dans sa prison un grand chien
danois et une petite chienne épagneule
qui était charmante. Ces deux animaux
la caressèrent avec tous les témoignages
d'une innocente amitié. Se peut-il, s'é-
cria-t-elle, que l'homme, pour trouver
des amis sincères, et pour fuir la trahison, la perfidie, soit obligé de se re-
plier vers ces animaux étrangers à toute
doctrine d'humanité ? A ce présent, était

jointe une sorte de volière où étaient plusieurs oiseaux de différentes espèces.

La volière fut attachée par les deux hommes; on fit un lit pour le danois, un pour la petite épagneule; et les pourvoyeurs, se disposant à se retirer, Isabelle, adressant la parole au danois, qui était d'une beauté rare, lui dit : « Je te rends grace de tes caresses, ô mon ami; mais je ne serai pas assez perfide pour te les faire payer de ta liberté. Jeune et beau comme te voilà, tu dois jouir de la vie et des bienfaits de l'indépendance. Va, mon ami, va, ajouta-t-elle, en l'embrassant et le poussant doucement de la main. Suis tes conducteurs. » Elle lui donna un poulet, reste de la veille et le renvoya.

Quant à la petite chienne épagneule, Isabelle n'eut pas de scrupule à la garder Elle vit bien que cet animal pouvait s'accommoder de sa captivité.

A son réveil Isabelle fut extrêmement surprise de voir la plupart des oiseaux de la volière voltiger et chanter dans sa chambre. Quelques-uns, venant sur ses rideaux et les draps de son lit, la baisaient en chantant et battant l'air de leurs petites ailes ; elle conclut de l'amabilité de ces petits animaux que l'envoi qu'on lui en faisait, annonçait un grand sacrifice. Quel être pouvait ainsi avoir à-la-fois pour elle tant d'injustice et tant d'égards ? Qui pouvait dans un pays pour elle inconnu, lui marquer tant de haine et d'amour ?

Ces pensées l'occupèrent assez long-tems sans qu'elle pût trouver de solution aux difficultés incompréhensibles, qui naissaient des nouveaux incidens de chaque jour. Isabelle se leva et donna quelques soins à ces petits êtres, qui lui témoignèrent leur reconnaissance chacun à leur manière. Elle fit deux repas un peu plus rassurée que la veille, fit quelques lectures, et ayant de la lumière, elle ne pensa point à se coucher que ses pourvoyeurs ne fussent arrivés.

Ils parurent en effet, vers le milieu de la nuit, et le beau danois les précédant, vint lui faire mille caresses plus franches et moins mignotières que celles de la petite chienne, qui semblait être en droit d'en exiger plus qu'elle ne devait en donner.

Cependant Isabelle s'apperçut que le danois portait un beau colier, que la veille il n'avait pas. Elle y apperçut des inscriptions, et se hâta de les lire, espérant y trouver quelques renseignemens sur ses maîtres. Sur l'un des côtés on voyait deux portions d'un lien d'amour brisé avec ces mots : *on peut les renouer.* Sur l'autre côté on voyait un chien léchant les mains de son maître, qui le repoussait, avec cette inscription sous le chien : *voilà mon cœur,* et sous le maître : *ici le tien.*

Isabelle, en voyant ces inscriptions, ces emblêmes, se demanda si c'était un jeu de l'ouvrier, ou si la gravure avait été faite exprès; dans ce cas elle n'ima-

ginait pas que ce travail eût des rapports avec sa situation. Elle continua
donc de caresser le danois et le renvoya, quand les domestiques se disposèrent à se retirer.

.. La nuit d'après, les valets vinrent à
la même heure, et le danois fut encore
de la partie. Il portait un colier différent
de celui de la veille, ce qui attira la
curiosité d'Isabelle.. Sur un des côtés
était un guerrier fuyant avec une sorte
de courroux, et derrière une femme
qui, lui tendant les bras, courait après
lui. Pour toute inscription, on voyait des
larmes et ces mots : *pour toujours.* Sur
l'autre était un roc dans un treillage de fer,
avec ces mots : *il ne s'attendrira jamais.*
Isabelle fut étonnée de voir ces emblêmes se succéder. Ce roc, environné d'un
treillage de fer, représentait sa prison.
L'inscription qui l'accompagnait annonçait qu'on avait à se plaindre de son
inflexibilité. Elle ne connaissait que
le duc de Foix, qui aurait eu le droit

de se plaindre de sa froideur ; mais ce
guerrier, qui était Français, aurait-il
eu assez de pouvoir en Espagne où il
n'avait aucune possession , pour la faire
saisir , l'enfermer et la faire servir furti-
vement et garder par tant d'hommes
armés ? D'ailleurs, aurait il voulu prendre un moyen si peu digne de lui , pour
toucher le cœur d'une femme qui ne
pouvait l'aimer ? Elle se demandait encore comment le comte aurait découvert si promptement sa retraite, lorsque sa fuite avait été si cachée. En outre, si l'une des devises la désignait
assez clairement, les autres ne semblaient avoir aucun rapport avec sa situation.

Toutes ces idées l'agitèrent une partie
de la nuit. Elle commençait à s'ennuyer
beaucoup de sa captivité , elle avait
adressé vainement la parole aux domestiques qui la servaient , soit pour
obtenir la faveur de savoir par l'ordre
de qui elle était renfermée, soit pour

apprendre ce qu'était devenu le bon vieillard Yago d'Arnoda; mais ces impitoyables valets, non-seulement avaient gardé le silence, mais ils n'avaient pas même fait semblant de s'appercevoir qu'on leur parlait.

La nuit suivante, le danois ne revint point, mais Isabelle vit entrer un enfant beau et vêtu comme l'amour. Il paraissoit avoir trois ou quatre ans. Dès qu'Isabelle le vit, transportée de joie, elle vola au-devant de lui, le saisit dans ses bras et le combla des plus tendres caresses. Il était d'une beauté ravissante ; mais ses graces et sa parure ajoutaient singulièrement à ses charmes. Il rendait caresse pour caresse, embrassemens pour embrassemens, mais ne disait pas une parole. Isabelle eut beau l'interroger, lui demander le nom de son père et de sa mère, lui parler bas et réclamer une réponse dans les mêmes accens, lui assurant qu'il ne serait entendu de personne, l'enfant, secouant la tête

et la caressant avec une grace charmante, s'obstina à garder le silence.

Isabelle était trop préoccupée de la
beauté, des graces et des caresses de cet
enfant pour s'appercevoir de quelques
hyérogliphes dont il était orné. Les
momens qu'elle passa avec lui s'éclip-
sèrent avec la rapidité d'un songe léger.
A peine le possédait-elle, que ses gens
ayant fini leur travail et voulant partir,
il fallut se séparer. L'enfant se dégagea
de ses bras, témoigna quelques regrets
de la quitter, et par une pantomime
pleine de graces, il exprima à Isabelle
qu'il obéissait à un ordre supérieur en
s'éloignant, mais qu'il tacherait d'obtenir là permission de la revoir. Avant
de franchir le seuil de la porte, il se
retourna plusieurs fois pour lui envoyer
des baisers avec une expression enchanteresse. Isabelle, la larme à l'œil, lui en
envoya de même, et la porte pesante se
referma sur les sombres montans dé
pierre de taille.

Isabelle reconnut, à la douleur dont elle se sentit pénétrée , que , malgré ses projets de retraite , rien n'était plus délicieux pour un cœur aimant que la société de son semblable ; ces chiens, ces oiseaux, tout aimables, tout intelligens qu'ils étaient , qu'étaient ils en comparaison de ce bel enfant? Quelle jouissance supérieure elle venait de goûter en le voyant ! quel vide effroyable elle éprouvait après son départ! Combien les murs de sa prison lui paraissaient sombres à présent! que de tristesse ils répandaient sur tout ce qui l'environnait et dans son propre cœur! elle s'était cru heureuse un moment en tenant dans ses bras cet enfant précieux ; maintenant la voilà plongée dans la plus sombre tristesse ; elle s'assied sur son lit, et des larmes se faisant passage , elles inondent son beau sein. En vain la petite Moresca (la petite chienne), voyant Isabelle s'affliger , s'élève sur ses petites pattes et lèche ses larmes en gémissant ,

insensible à ces démonstrations, elle repousse doucement le petit animal, qui
ne se rebutant pas, révient plusieurs fois à la charge; mais enfin, repoussé avec plus de rudesse, il descend
du lit et va bouder à son tour dans un
coin de l'appartement.

La nuit d'après, l'enfant reparut encore sous un nouveau costume, et ses
manières furent tout aussi touchantes
que la première fois. « O mon ami! lui
dit Isabelle, que votre personne a de
charmes, et que votre présence m'a fait
de mal! Il fallait, où ne point me visiter, ou être assez généreux pour passer
quelques instans de plus avec moi; mais
je vous parle en vain, vous devez aussi
garder le silence. Quelle est la rigueur
de ceux qui ont abusé de mon sommeil, pour me jetter dans les fers? Quel
mélange de rigueur et de bienveillance,
de perfidie et de loyauté, de lâcheté et
de grandeur d'ame? Ou les faveurs,
dont ils me comblent dans ma déten-

tion, ne sont-elles qu'un rafinement de cruauté, afin de mettre toujours l'espérance à côté du désespoir, l'amour à côté de la haine, les bienfaits à côté du plus rigoureux traitement ? Demeurez quelques instans avec moi, ô mon petit ami! consolez un mortel affligé, faites-lui oublier, par vos caresses, qu'il est des méchans dont il est devenu la victime. Apprenez-moi quels sont vos parens, dites-moi en quoi je les ai offensés, et fallût-il mon sang, ma vie, je suis prêt à les donner pour réparer mes torts. »

L'enfant, sensible à ce discours, versa quelques larmes, mais garda le silence. Il renouvela en même-tems ses caresses; jamais il n'avait été aussi tendre, aussi affectueux. La sensibilité d'Isabelle, en ce moment, se joignant à sa faiblesse, provenant de deux jours passés sans nourriture et dans les larmes, la forcèrent à chercher un appui, et son lit n'étant pas éloigné d'elle, elle s'y renversa dans l'attitude de quelqu'un qui perd le sentiment.

L'enfant alors redoubla de caresses, et la ranima en quelque sorte par ses baisers. Moresca fut aussi de la partie, et ses empressemens ne furent pas repoussés. Isabelle avait eu du repentir de son ingratitude, et déjà elle l'avait expiée.

Cependant, les valets ayant fait leur ouvrage, se disposèrent à partir. L'enfant vit qu'il fallait se séparer de celui qu'il aimait ; il témoigna ses regrets par ses larmes et ses petites mains, se joignant, se pressant sur son cœur, il dit expressivement à Isabelle son amour et ses regrets : il fut jusqu'à la porte, et par des signes qui lui furent faits du dehors, il vit qu'il lui était permis de demeurer encore, et il vola dans les bras d'Isabelle qui commençait à se désoler. Les valets restèrent debout près de la porte, et l'enfant se mit à jouer avec Isabelle sur son lit. Sensible à ce procédé, elle en exprima sa reconnoissance

à haute voix, pensant que peut-être quelqu'un au dehors écoutait ses discours et
adoucissait son sort, d'après ses plaintes
et ses demandes.

L'enfant témoigna l'envie de manger
quelque chose. Isabelle fut chercher les
provisions, et l'enfant, acceptant différens objets, fit signe qu'il ne mangerait
pas seul. Isabelle, réjouie par les manières si intéressantes de ce jeune ami,
consentit à manger et fit un assez bon
repas dont l'enfant parut satisfait.

Mais les heures coulent plus rapidement dans le plaisir, que les minutes
dans les souffrances. Il y en avait trois
que l'enfant était avec Isabelle. On lui
fit signe, il fut à la porte, et revint en
disant par ses gestes, qu'il y avait trois
heures qu'il était auprès de son bon ami,
et qu'il était tems de se retirer, mais
qu'il ne tarderait pas à revenir.

Isabelle sentit qu'il fallait être raison-
nable et dit à l'enfant, qu'elle le char-
geait d'exprimer sa reconnaissance à ses

parens pour ce qu'ils faisaient en faveur
d'un chevalier voyageur, mais qu'ils eussent à faire attention que l'injustice qu'ils
avaient commise en l'arrêtant, contre le
droit des gens, était bien encore au-
dessus de leurs bienfaits.

Quand l'enfant fut parti, Isabelle,
dont l'ame avait été réjouie, trouva le
sommeil qu'elle avait perdu depuis deux
jours, et, à son réveil, elle repassa dans
son souvenir tout ce qu'elle avait vu,
et tout ce qu'on avait fait pour elle.

Quand elle avait demandé à ce bel
enfant à qui il devait le jour, il avait
répondu en lui montrant un petit amour
peint sur la partie de son vêtement qui
répondait à la place de son cœur. Au-
dessous de la figure était ce mot, *er-
reur*. Avait-elle demandé que faisait sa
mère? il avait montré des larmes d'argent peintes sur un champ d'or. Deman-
dait-elle des renseignemens sur son père?
l'enfant lui sautait au cou, et l'embras-
sait avec transport.

Ces souvenirs et plusieurs autres commencèrent à faire penser à Isabelle qu'il était possible que dans tout ceci il y eût quelque méprise, et dès-lors la douce espérance reprit ses droits. Ce jour se passa assez joyeusement. Elle lut, elle prit de la nourriture, et quand, vers le déclin du jour, elle eut allumé sa bougie, elle s'occupa pendant près d'une heure à découper des lettres d'un des livres qu'on lui avait donnés à lire. Son dessein était de les rassembler, de les coller, et d'écrire ainsi ce qu'elle voudrait en le confiant à l'enfant; mais, comme elle était à cette occupation depuis une heure, elle entendit un instrument préluder un air. Il venait du dehors, et pénétrait dans la prison par la fenêtre; bientôt après une voix de femme, dont les accens étaient d'une mélodie enchanteresse, fut accompagnée par l'instrument. Isabelle courut aussitôt se poster près de la fenêtre, de façon à bien entendre sans être vue.

CHAPITRE II.

Voici la traduction des paroles que chantait l'inconnue.

> Tu veux savoir, cher infidèle,
> Quel être en ces lieux te retient;
> Brûlé d'une flamme immortelle,
> A tous momens il te prévient.
> Autrefois ton ardeur brûlante
> M'eût épargné de tels aveux :
> Ingrat! auprès de son amante
> Cherche-t-on l'objet de ses vœux?
>
> Qu'est devenu ce beau génie,
> Cet esprit vif et pénétrant?
> Pour le bonheur de son amie
> On n'est pas plus intelligent!
> Éclairé par ta vive flamme,
> Brûlant pour mes faibles attraits,
> Tu lisais au fond de mon ame,
> Ton cœur te disait mes secrets.

Tome IV. 2

Reviens, l'amante qui t'adore
A déjà trop versé de pleurs.
Chéris le feu qui me dévore,
Changeons tes fers en nœuds de fleurs.
Ton bonheur est mon espérance :
Si ma voix ne peut t'attendrir,
J'ordonnerai ta délivrance,
Mais avant laisse-moi mourir.

Ce dernier vers, chanté avec une langueur extrême, pénétra de douleur la sensible Isabelle ; elle réfléchit un moment et fit cette réponse, en imitant de son mieux l'air qu'elle venait d'entendre pour la première fois,

Fais briser ces portes funestes,
Viens voir couler aussi mes pleurs.
De tes yeux les regards célestes
Pourront adoucir mes douleurs,
Quand j'ai porté les mêmes chaînes,
A tes maux serais-je étranger ?
Je plains la rigueur de tes peines,
Mais je ne puis les soulager.

Mille exemples, chaque jour nous démontrent qu'il ne faut jamais se dépiter, s'emporter pour des apparences funestes ; cependant nous n'en sommes pas moins prompts à donner aux moindres choses des interprétations conformes aux passions dont nous sommes agités. C'est ce qui arriva. Ces derniers vers : *je plains la rigueur de tes peines, mais je ne puis les partager*, semblèrent avoir brisé le cœur de l'inconnue, et elle répliqua aussitôt.

Tu veux donc m'accabler, perfide !
Eh bien ! sois libre par ma mort.
Prendras-tu cet enfant timide ?
Faut-il te confier son sort ?
Je crains, en quittant cette vie,
Que, séduit par ton entretien,
Pour le tourment de son amie,
Il prenne un cœur semblable au tien.

Isabelle allait répondre et tâcher, sans dévoiler son secret, de parler un peu

plus clairement ; mais elle reconnut
que la voix s'éloignait à proportion
qu'elle chantait les derniers vers, ce
qui lui fit donner quelques mots de réponse; mais reconnaissant qu'en effet
on s'était éloigné et qu'il n'y avait plus
personne, elle garda le silence et devint
triste et rêveuse, ayant à s'affliger actuellement, et de ses maux causés par
l'amour et de ceux que cette passion
funeste causait aussi à cette inconnue. A
la vérité il lui semblait qu'il lui serait facile de détromper cette infortunée, si elle voulait l'entendre; mais
comment lui parler si elle avait l'orgueil de ne pas revenir. Devait-elle faire
sa réponse à haute voix dans sa prison,
lorsqu'on viendrait lui porter sa nourriture ? Devait-elle la faire à l'enfant, si
on le lui renvoyait ? Depuis deux jours
elle ne l'avait point vu. Il y avait à
craindre qu'on ne rendît mal sa réponse
et qu'elle ne produisît un mauvais effet.
Elle aurait pu écrire, mais vainement

elle avait demandé une écritoire ; on la
lui avait refusée ; on craignait que le
prisonnier ne s'en servît pour faire connaître au dehors sa détention. Isabelle
prit donc un parti, ce fut de demander de la bouillie de froment pour sa
nourriture. Son dessein était de s'en
servir en guise de colle, et d'écrire, col-
lant les unes à côté des autres, sur un
linge n'ayant pas de papier blanc, des
lettres découpées d'un livre, et de parler ainsi à sa pétulante inconnue.

En effet, ayant reçu sa visite ordinaire, elle fit sa demande, étant à-peu-
près sûre de n'être pas refusée. L'enfant
aussi lui fut envoyé et Isabelle lui fit
mille caresses ; lui recommanda de dire
à sa maman que le chevalier détenu
l'aimait de tout son cœur, mais qu'elle
s'était trompée, et que ce chevalier
était don Pedro d'Alcantara, et n'était
pas le père de son fils.

A ce discours l'enfant, sans dire mot,
se mit à pleurer ; Isabelle chercha à le

consoler, mais lui recommanda de dire
ces paroles à sa mère, et l'enfant ne fit
que pleurer plus amèrement, jusqu'à
ce que les valets ayant fini leur ouvrage, pensèrent à se retirer. L'enfant
les suivit en versant des larmes. Les
sanglots soulevaient sa petite poitrine;
et Isabelle tout en lui faisant mille caresses ne cessait de lui répéter ce qu'elle
lui avait dit, espérant que cette annonce
produirait quelque heureux effet.

Mais lorsque l'enfant arriva près de
sa mère, et lui répéta, en sanglottant
les paroles du chevalier, cette femme
toute à son amour, s'écria : « Le traître ! il se dit le chevalier Pedro d'Alcantara. J'en avais douté, ne reconnaissant
point sa voix dans celle de mon prisonnier. Mais il l'avoue lui-même, le perfide ! et me soutient encore que mon fils
n'est pas le sien. Barbare ! tu veux ma
mort et tu en seras témoin. Je me ferai
porter dans ta prison, qui te sera ouverte au moment où je serai près de

rendre le dernier soupir. Tu recueille-
ras mon souffle; tu iràs le porter en
hommage à ma rivale. Puisse-t-elle
éprouver un jour les maux que peut
causer un infidèle! O hommes! que
vous êtes trompeurs! que vous êtes bar-
bares! je te servirai cruel, un mets de
ton goût. Tu verras à tes pieds une
femme expirante pour s'être abreuvée
du poison de ton funeste amour. »

Ce fut ainsi que, par une foule de
lamentations et par des torrens de larmes qui ne cessèrent de couler toute la
nuit, cette amante exprima sa douleur.
Combien Isabelle était loin de penser
aux chagrins que ce peu de mots venait
de causer! Tant il est vrai que souvent
on afflige innocemment par ses discours
des personnes qu'on aurait bien voulu
soulager!

Cependant on porta à Isabelle la bouillie qu'elle avait demandée. Déjà elle
avait préparé une foule de lettres; et en
les plaçant dans une combinaison diffé-

rente, elle leur fit dire des choses bien opposées à celles qu'elles signifiaient auparavant.

Mais il est tems, pour concevoir les divers traitemens qu'Isabelle éprouva et les évènemens qui vont suivre, que nous sachions ce qui s'est passé au dehors et sur-tout ce qui doit être arrivé à l'hermite Yago d'Arnoda, l'infortuné Vaudremont.

Dans le moment que l'on avait saisi le chevalier protecteur de l'hermite, on s'était emparé de l'hermite lui-même et il avait été déposé dans une prison séparée. N'étant pas en état d'offrir une grande résistance, on n'avait pas usé des même moyens que pour le chevalier; et dès le lendemain matin de sa captivité, on était allé lui faire des propositions, et voici lesquelles.

« Vieillard, lui dit le premier magistrat, accompagné de celui des ravisseurs qui n'avait reçu aucune blessure, vieillard, nous allons t'apprendre la cause pour laquelle nous t'avons arraché à ta solitude. Bientôt, dépositaire de nos secrets, tu seras notre complice ou notre victime. Si tu es notre complice, tu n'auras plus besoin de revoir tes cavernes et les forêts. Tes maux seront finis, nous te destinons les plus heureuses récompenses; si tu te refuses à faire ce que nous exigeons de toi, devenant notre victime parce que nous ne pouvons nous exposer à laisser notre secret dans tes mains, tu ne sortiras plus de ces lieux, tu y périras dans les tourmens.

» A ce prélude, répondit gravement Vaudremont, je vois que je ne me suis pas trompé dans le jugement que j'ai porté des hommes. Ils sont par-tout de même. — Que veux-tu dire, reprit le magistrat étonné — Je te l'expliquerai lorsqu'il en sera tems. Dites-moi les secrets que vous avez besoin de me confier. — Ces secrets, repliqua le magistrat, sont de nature à ne pas laisser subsister l'individu auquel ils ont été

confiés, s'il refuse de nous seconder,
écoute :

» Un jeune Français, nommé Vaudremont, épousa une princesse espagnole. Il vécut quelque tems avec nous
dans ces climats. Il eut un fils qu'il fit
passer en France, pour lui faire prendre une éducation conforme à celle
qu'il avait reçue lui-même. Il fut aussi
dans sa patrie secourir le roi des Français, Charles VII, qui était en guerre
contre son propre fils, aujourd'hui
Louis XI. Il en revint il y a six ans. A
son retour il apprit la mort de la princesse sa femme; soit effet de la révolu-
tion que lui fit cet nouvelle, soit fatigues de son voyage, il tomba aussitôt
malade et mourut.

» Le prince de Zacara de Burgos,
que tu vois paraître ici aurait été l'héritier universel de la maison d'Alcantara, dont il était le plus proche pa-
rent, si Vaudremont, en épousant la
seule héritière de cette famille, n'en

avait pas eu un fils. Mais ce fils, étant
en France dès son bas âge, et vivant
dans son duché de Lorraine et à la cour
de ses rois, n'était pas connu des es-
pagnols. Le prince de Zacara prit le
parti de déclarer à la mort de Vaudremont, que, ce Français étant mort sans
enfant, son fils unique l'ayant précédé
au tombeau, il pouvait s'emparer des
biens de la maison d'Alcantara, dont il
était l'héritier universel.

» Cependant le fils de Vaudremont
revint en Espagne. Il y avait six mois
alors que le prince de Zacara était en
possession de ses biens et de ses places
fortes; tu sens que l'honneur espagnol
ne devait pas souffrir qu'un Français
vint s'emparer d'une si brillante succession dans nos climats. En conséquence,
le prince de Zacara refusa de reconnaître Vaudremont, qui, pour com-
plaire à la nation espagnole, chez laquelle il venait réclamer un immense
héritage, ajouta au nom de Vaudre-

mont celui de don Pedro d'Alcantara.
Ce jeune guerrier, étant plein d'audace, de talens et de fierté, ne s'é-
tonna point des difficultés. Il fut à la
cour se plaindre à Henri, notre souverain. Il y fit connaissance d'une jeune
et belle princesse, qui possédant de ri-
ches propriétés même dans notre pro-
vince de Castille, lui parut un parti
digne de lui. L'amour unit ces deux
êtres intéressans, et tandis que le prince
de Zacara soutenait que don Pedro
n'était qu'un aventurier, la princeses
Susanna d'Almanello faisait une démarche, tendant à renverser toutes les prétentions de Zacara.

» Ce prince dut prendre donc tous
les moyens qui étaient en son pouvoir
pour empêcher l'union des deux amans.
Il ne put y réussir ; mais il parvint, par
ses agens secrets, à semer dans le cœur
de don Pedro des sentimens de jalousie
si forts, qu'il se crut abusé par Susanna ; bientôt par un détour, inutile

à raconter, on lui donna une preuve
apparente de crime, et dès-lors, don
Pedro, trop généreux pour porter la
main sur une femme, se contenta de la
mépriser, en lui jurant qu'il ne la re-
verrait jamais.

» D'un autre côté, le prince de Zacara avait eu soin d'exciter les mêmes
sentimens de jalousie dans le cœur de
Susanna, en faisant paraître un Portu-
gais, qui parlait bien français, et qui
se disant de cette nation, prétendit être
un envoyé de la comtesse de Fréjus,
jeûne et superbe française, que don
Pedro avait aimée passionnément en
France.

» Ce prétendu messager et quelques
autres précautions de détail persuadè-
rent à Susanna, que si don Pedro l'ac-
cusait, c'était pour avoir occasion de
retourner auprès de sa première amante.

» Les choses en étaient là, lorsque
don Pedro, ayant levé quelques troupes, se disposait à fondre sur le prince

de Zacara, et à conquérir la succession
de ses pères. Zacara, ne se sentant pas
en état de lutter contre un aussi rude
adversaire, crut devoir employer la
ruse; et ayant demandé une entrevue à
don Pedro, qui y consentit, le rendez-
vous fut donné dans une plaine, près de
l'habitation principale de Zacara. Celui-
ci fit dresser une tente magnifique pour
recevoir son concurrent, et s'y rendit
avec quatre hommes seulement, ainsi
que Pedro. C'était le nombre entre eux
convenu.

» Mais Zacara avait eu soin de faire
creuser l'intérieur de la tente; le trou
avait été recouvert d'une charpente
construite de telle façon, qu'en retirant
une cheville seulement, on pouvait faire
abîmer dans le trou les personnes qui
passaient au dessus. En effet, aussitôt
que don Pedro fut entré avec ses quatre
guerriers, on fit sauter la cheville au
moment où ils passaient sur la partie
mécanique, et le guerrier s'y abîma

avec trois des siens ; le quatrième, resté seul, fut saisi et garroté. En même-tems des gens de guerre, qui étaient dans le souterrain, profitant de l'étourdissement de don Pedro et des siens, les désarmèrent, les lièrent étroitement ensemble, et la nuit on lés conduisit dans le château de Pénafiel.

» Quand au quatrième guerrier, qui n'était pas tombé dans l'abîme, on lui présenta la mort et de grandes récompenses ; la mort, s'il restait fidèle à cet homme qui se disait son souverain ; de grandes récompenses, s'il voulait aller dire à Susanna que le faux don Pedro, se voyant hors d'état de soutenir son imposture contre un si rude adversaire, s'était retiré en France pour aller auprès de la comtesse de Fréjus, qu'il avait abusée par le prestige de son beau langage, et par les grâces de sa personne.

» Le guerrier fit d'abord quelques difficultés : mais, voyant la mort planer

sur sa tête, croyant son prince au tombeau, et voyant son nouveau souverain
lui offrir de magnifiques récompenses,
s'il voulait le servir, ne balança plus,
et remplit son message avec tant de fidélité, que Susanna resta persuadée que
son époux infidèle l'avait abandonnée.
Elle était enceinte, et accoucha d'un
fils beau comme l'amour. Depuis un an
elle a fait de nouvelles réclamations à
la cour; et le roi, qui est en ce moment
à Valladolid, doit prononcer sur la légitimité de l'enfant, et sur la réclamation
de la mère contre la possession du prince
de Zacara.

» C'est ici qu'il faut t'apprendre, ô
vieillard! ce qu'on exige de toi. Vaudremont, père de don Pedro, te ressem-
blait comme s'il eut été ton fils.

» Tu sais, sage vieillard, ajouta le
prince de Zacara, que, traversant les
Pyrénées, il y a deux ans et demi, je
logeai chez toi pendant la grande chaleur du jour; j'avais dix hommes de

garde avec moi, je te dis mon nom, et je t'assurai que je me souviendrais de l'hospitalité que tu m'avais accordée pour t'en marquer ma reconnaissance.

» Le moment est venu de tenir ma parole ; j'avais été frappé de la ressemblance qui existait entre Vaudremont et toi ; je formai dès lors le projet de te servir à mes desseins en te comblant de richesses.

» Il s'agit de te présenter devant le roi, de te déclarer père de Vaudremont ; l'on aura d'autant moins de peine à te croire, que le père du prince de Vaudremont a disparu depuis trente-quatre ou trente-cinq ans sans qu'on sache ce qu'il est devenu ; tu as les traits et l'organe de Vaudremont, et il te sera facile d'en affecter la démarche et la fierté. Paraissant en cette qualité, tu déclareras don Pedro imposteur ; tu diras que ton petit-fils est mort en France, et ce témoignage, étant appuyé de cent preuves que j'ai préparées, et secondé de toute

ma puissance , je demanderai à être
maintenu dans tous mes droits , en
réclamant la permission de te céder ,
pour ta vie , la jouissance de trois des
plus belles terres de la succession.

» Tu vois que ce que nous exigeons de
toi est facile ; ma reconnaissance sera
sans bornes ; la mort serait le prix de
ton refus. »

Le lecteur s'imagine qu'à ces différens
discours, Vaudremont resta prodigièu-
sement étonné. Il apprenait tout-à-coup
une foule d'anecdotes de sa famille qu'il
avait ignorées , et il était en même-tems
informé que le chevalier don Pedro
d'Alcantara , son libérateur , était son
petit-fils. Il avait lieu de soupçonner
que, trompé par sa bonne-foi , il avait
été arrêté comme lui, et il lui fallait des
précautions bien sages pour se retirer
d'une aussi mauvaise affaire. La dissimulation avec les fourbes et les méchans, devient un devoir sacré lorsqu'il
s'agit de sauver l'innocent , se dit-il à

lui-même, et lorsque cet innocent est notre bienfaiteur, lorsque ce bienfaiteur est issu de notre sang, ce ne serait jamais trop faire que de le venger de ses enne-mis, par cent détours.

Vaudremont avait eu le tems de faire ces réflexions, et bien d'autres, pendant les discours qu'il avait entendus. Il n'a-vait pu s'étonner assez de l'évènement inattendu, amené par la providence, pour lui faire trouver son petit-fils à l'instant où il était enlevé par son op-presseur, qui voulait forcer son aïeul à déposer contre son petit-fils. Il admi-rait encore les contrastes de cette provi-dence, qui n'avait fait rencontrer don Pedro et Zacara que pendant la nuit, et avait empêché ce premier de se dé-faire aussitôt de son plus cruel ennemi.

Cependant, un point l'embarrassait dans tout ceci; il y avait plusieurs bran-ches de princes lorrains, il était possible que don Pedro ne fut pas son petit-fils, d'autant mieux que lui, Vaudremont, n'avait laissé qu'un fils qui avait été mis à mort lors du massacre des d'Armagnacs ; en conséquence, Vaudremont, prenant la parole, dit au juge et au prince de Zacara. « Je m'étonne que, ayant eu de si grands rapports avec les princes de Vaudremont, vous n'ayez pas objecté contre don Pedro, et contre son père, une chose de la plus haute importance, et que j'ai apprise moi, chétif individu, né parmi les gens du peuple. — Eh ! laquelle ? s'écria le prince. — Laquelle ! avez-vous ignoré que le prince de Vaudremont ne se sauva que par une espèce de miracle, de la fureur des Bourguignons, qu'il n'avait qu'un fils bien jeune encore, et que ce fils fut massacré avec les d'Armagnacs ? Comment donc le fils du prince de Vaudremont aurait-il épousé une princesse espagnole, et comment don Pedro serait-il son petit-fils ? — Si tu n'as que de semblables objections à nous offrir, tu peux garder le silence. Le jeune Vaudremont, habillé en fille dans sa prison, fut sauvé par un guichetier, frère d'un des gens de la maison de Vaudremont. Il le garda caché pendant un an, attendant que la fureur des Bourguignons fut passée, et dès qu'il put le faire reconnaître sans danger, il l'envoya, par son frère, à la princesse de Vaudremont, sa grand'mère, qui le fit reconnaître et élever comme l'héritier de ses états. »

Cette circonstance, que Vaudremont avait ignorée, lui fit voir que sa retraite avait été un peu précipitée, et il se surprit pour la première fois des remords. « S'il en fut ainsi, reprit-il, je n'ai rien à répliquer. Je suis à votre service, disposez entièrement de moi, je suis ici pour faire votre volonté ; toutefois je pense qu'il est sage que vous n'usiez pas de contrainte au dehors, et que j'aie l'air de jouir d'une entière liberté. Dans l'extrême faiblesse de mon âge, vous ne devez pas redouter que je prenne la fuite ; vous m'auriez assez tôt saisi, et la mort, dont vous me menacez, si je pouvais vous trahir, vous serait un garant de ma fidélité, quand je n'aurais pas devant les yeux ces étonnantes récompenses beaucoup au-dessus de celles que je compte mériter. »

Ce discours produisit tout l'effet que le vieillard devait en attendre. Il fut mis en liberté, mais sous la surveillance de deux hommes qui ne le perdaient pas de vue. Ayant eu occasion de causer avec ces soldats, qui l'entretenaient du grand procès de leur prince contre Susanna, en faveur de son fils, il apprit que Susanna était dans la ville d'Osma; alors il fut trouver le prince, et lui dit qu'il imaginait qu'il serait à propos qu'il eût un entretien avec Susanna, dans lequel il la préviendrait qu'il était Vaudremont, et qu'elle devait se désister de ses folles prétentions sur don Pedro, dont il était venu renier la légitimité.

Cette demande, appuyée d'excellens motifs, fut accueillie. Le vieillard en fit une seconde, celle de voir le chevalier qui avait voulu le délivrer ; mais on lui répondit rudement qu'il fallait en faire son sacrifice, que ce chevalier était en prison depuis leur séparation de la veille, et qu'il serait jugé et condamné comme assassin.

Vaudremont frémit à cette annonce, et feignant d'approuver la rigueur des mesures du prince, il lui dit : si je succombe dans l'entreprise que vous daignez me confier, je vous laisse libre de disposer de la vie de ce jeune inconnu ; mais si je triomphe, je vous demande sa grâce pour prix du service que je vous aurai rendu. J'aime mieux retourner dans mes cavernes, et sauver les jours de celui qui voulut si généreusement sauver les miens, que de le voir périr, tandis que je vivrais dans un palais. Jurez-moi donc que vous différerez son jugement jusques après le procès, ou je vous jure, moi, que rien n'arrachera de ma bouche l'aveu que vous en attendez. »

Le prince opposa à cette demande quelques objections et des menaces ; mais, voyant que le vieillard s'obtinait à vouloir se taire, ou à demander le retard du jugement jusqu'après celui du roi, il finit par y consentir, et fit le serment que Vaudremont demandait.

Alors le vieillard, se montrant tout dévoué au service de Zacara, lui proposa divers expédiens très-sages ponr mieux arriver à ses fins. A cette façon d'agir, le prince ne douta point que le vieillard n'eût été complètement gagné par l'espoir des récompenses, comme il en avait gagné tant d'autres, et consentit à l'entrevue avec Susanna qu'il se proposa d'ailleurs de surveiller.

L'entrevue ayant eu lieu, Vaudremont tint parole au prince, et dit à Susanna tout ce qui pouvait tendre à la dissuader de la poursuite de son procès ; mais en même tems, lui clignant les yeux et lui faisant quelques signes expressifs, dans le tems que l'homme préposé pour té-

moin de leur conversation regardait par
la fenêtre des enfans qui se moquaient
d'un pauvre chevalier monté sur un âne,
il dit à demi-voix à Suzanna : « Le chevalier avec lequel je suis arrivé, et qui
a été mis en prison, est don Pedro d'Alcantara. Si vous révélez ce secret, si
l'on sait que vous le tenez de moi,
je suis mort. Je me charge de sa liberté : prenez soin seulement d'adoucir son sort en lui donnant des consolations. »

Suzanna allait répliquer, Vaudremont
lui fit signe de se taire, et continua de
lui parler sur le même ton, parce que
l'espion témoin revint à eux ; mais s'é-
tant approché de nouveau de la fenêtre,
Vaudremont dit encore à Suzanna :
« N'en poursuivez pas moins votre demande avec toute l'activité possible ; je
vous seconderai. Si vous en dites un
mot à qui que ce soit sur la terre, je
suis mort, et tout votre bonheur s'évanouit. »

L'espion revint encore. Vaudremont continua de parler d'autre chose ; et Suzanna, paraissant à demi persuadée de ce que lui disait le vieillard, la conversation finit.

Elle fut rapportée au prince de Zacara, qui en fut enchanté. Il prit un degré de confiance de plus dans son vieil hermite, et lui confiant de nouveaux secrets, chercha à se l'attacher de plus en plus,

CHAPITRE III.

D'APRÈS tout ce que le lecteur vient
d'apprendre, il n'est plus étonné que
Susanna, prenant, comme le vieillard
Isabelle pour don Pedro, se soit em-
pressée de chercher à briser ou du moins
à soulager ses fers. Riche, puissante et
généreuse comme elle était, il ne lui
fut pas difficile de corrompre les gardes
de celui qu'elle croyait être son époux.
Elle aurait pu, au lieu de lui envoyer
chaque nuit des secours et des adoucis-
semens à sa captivité, lui faire obtenir
aussitôt la liberté ; mais, craignant
qu'il ne s'en servît que pour la fuir, elle
voulait avant tout s'assurer de la fidélité
de ses sentimens ; mais vaine espérance!
Nous avons vu comment la méprise oc-
casionnait sa douleur et nous ne revien-
drons pas sur ce sujet.

Il y avait douze jours qu'Isabelle et
le vieillard étaient détenus, lorsque le
roi consentit de donner audience au
prince de Zacara et à la princesse Susanna. L'audience étant commencée
dans la ville d'Osma, et Susanna ayant
fait sa demande, Zacara la combattit avec
toutes les preuves qu'il avait employées
autrefois, avec celles qu'il avait imagi-
nées depuis ; il les confirma par la prétendue fuite de don Pedro d'Alcantara ;
fit paraître le guerrier qu'il avait su-
borné et qui attesta, que le Français
imposteur, qui avait abusé de la princesse Susanna, avait fui ne pouvant
plus soutenir l'imposture qu'il avait
avancée.

A ces accusations, Susanna brûlait
d'envie de démentir les déposans, en
déclarant que don Pedro (c'est-à-dire
Isabelle qu'elle prenait pour son époux),
était détenu dans telle prison par ordre
du prince de Zacara et de son premier
magistrat ; mais, jettant les yeux sur

le vieil hermite, qui d'un ton imposant et sévère, lui ordonnait de garder le silence, elle se contint et attendit que le vieillard prît sa défense comme il le lui avait promis. Mais elle se crut affreusement trompée dans son espérance, lorsqu'elle entendit Zacara proposer pour dernière conviction, la déclaration de l'hermite Yago d'Arnoda, renommé pour sa piété, ses malheurs et sa vertu.

Alors Vaudremont s'avança sur la scène, et s'inclinant avec respect devant le roi, il se releva avec majesté. Son accent devint ferme, son œil s'enflamma du feu de l'indignation commandée par la vertu, qui veut arracher le sceptre au vice, et prenant la parole, il dit :

« Grand roi, tel que tu me vois, j'ai passé ma jeunesse au milieu des premiers princes de l'Europe ; j'ai combattu vaillamment, tant pour soutenir leurs états ébranlés que pour conserver les

miens. Je suis Vaudremont, prince de
Lorraine, qui disparut de la cour de
France, après les massacres, après les
scénes de dénonciations, de sang et
d'horreur qui désolèrent ma patrie. Je
puis par conséquent, jetter un grand
jour sur la question soumise à ton jugement. L'on ma dit que le port, la démarche, le son de voix, les traits enfin
de mon fils, qui te fut connu, étant
semblables à ceux que tu me vois, tu
croirais aisement à l'annonce que je fais
ici. Mais s'il faut des preuves encore,
reconnais moi à la noble franchise d'un
chevalier, qui n'eut jamais à se reprocher d'avoir abandonné la cause de ses
rois; reconnais moi aux déclarations
foudroyantes que je vais faire, et si quelques titres plus faibles peuvent venir à
l'appui de ceux que je t'ai présentés;
regarde, ajouta-t-il, en découvrant sa
poitrine; vois les cicatrices qui attestent
que je n'ai pas toujours vécu dans le
calme et la retraite des déserts; vois les

cordons dont je fus décoré par mon roi ;
vois sur ce médaillon les traits de
mon épouse et de mon fils enfant ; vois
enfin, ce titre écrit de la main de
Charles dauphin qui, lors de ma fuite
avec lui à Melun, me créa lieutenant-
général de ses armées ; titre écrit que
j'ai toujours conservé avec moi, afin
qu'à ma mort l'on sût quel homme venait de payer tribut à la nature. »

Vaudremont se tut à ces mots. Il se
fit un moment de murmure ; le roi mé-
ditait sur ce qu'il venait d'entendre.
Les gardes de son royaume et ses courtisans étaient dans le plus grand étonnement. Susanna commençait à espérer, et le prince de Zacara ne savait
plus si le vieillard perpétuait et corro-
borait son imposture, ou s'il disait en
effet la vérité, ce qui le jetta dans une
incertitude, une perplexité qui lui ra-
virent pour ainsi dire le jugement et la
parole.

Après un moment de silence, Vaudremont continua de parler, dit la raison pour laquelle il avait abandonné la cour et l'armée ainsi que ses états, afin d'aller vivre dans la retraite, puis il raconta comment le prince de Zacara était venu le sortir de ses forêts; il dit comment le hasard lui avait fait rencontrer le chevalier don Pedro d'Alcantara, son petit-fils, qui l'avait délivré des mains de ses ravisseurs. Il ajouta que le prince lui avait fait telle proposition, qu'il développa comme nous la connaissons; et termina en disant que le prince de Zacara était un usurpateur, qu'il reconnaissait don Pedro d'Alcantara pour son petit-fils, et Susanna pour sa légitime épouse.

Cette déclaration fut un coup de foudre pour Zacara, qui resta comme anéanti et sans réponse. Mais son premier magistrat, plus aguerri dans les affaires d'intrigue, prit la parole et dit :

« Sire, j'atteste que ce vieillard est

un imposteur ; le prétendu chevalier
dont il vous parle n'est qu'un lâche assassin qui a fait périr un écuyer du
prince de Zacara, et a failli arracher
la vie au prince lui-même. Pour confondre ce malheureux vieillard, je demande que ce prétendu don Pedro paraisse aussitôt devant vous, et qu'à l'imposture de l'un, bien authentiquement
prouvée sous vos yeux, puisque vous
connaissez don Pedro, on juge de l'audacieux mensonge de l'autre. — C'est
la demande que j'allais faire, s'écria le
vieillard. Que mon défenseur, que mon
sang paraisse à vos yeux, ô le plus grand,
le plus sage des monarques ! »

A ces mots, le roi ordonna que don
Pedro fût arraché de sa prison. En attendant son arrivée, chacun se livra à
des réflexions, suivant la passion dont
il était agité. Déjà l'on s'impatientait du
retard que mettait le chevalier à paraître, lorsqu'un murmure annonça son
arrivée. « Le voilà, s'écria le vieillard

en voyant paraître Isabelle : voilà mon libérateur, voilà mon fils! »

A ces mots, toute l'assemblée étonnée jeta les yeux sur Vaudremont. Susanna, tremblante d'espoir, fut tout-à-coup saisie d'un frémissement dont elle faillit perdre le sens. Le prince de Zacara, parcourant d'un œil rapide tous les visages, et s'arrêtant sur celui du roi, fut enchanté de l'impression qu'y faisait la méprise du vieillard. Il allait prendre la parole pour l'accuser, lorsque le roi, lui faisant signe de se taire, prit un visage sévère, et s'adressant à ses gardes en même tems qu'il regardait Vaudremont, il s'écria : qu'on le charge de fers. « Imposteur! ajouta-t-il en lui adressant la parole, comment as-tu pu concevoir l'espérance de nous abuser? Tu croyais sans doute que don Pedro nous était inconnu : tu vas expier à l'instant ta folle imposture. »

Arrêtez! s'écria Isabelle en s'avançant d'un air majestueux. Son port, sa belle figure, son organe, tout était fait pour imposer. ···

» Grand roi, ajouta-t-elle, j'entends qu'on s'étonne de ne pas reconnaître en moi don Pedro, et qu'on accuse ce mortel vertueux d'être l'auteur d'une imposture. Si c'est un crime d'avoir usurpé le nom d'un homme que je ne connus jamais, c'est moi qu'il faut punir, et non ce bon vieillard, dit Isabelle en faisant un pas de plus vers le trône du monarque. Je dépose le nom de don Pedro que j'avais usurpé, puisqu'en le conservant je peux nuire à quelqu'un sur la terre ; je suis de la famille infortunée des d'Armagnacs, espagnol d'origine, français par la naissance, et redevenu espagnol par nos malheurs.—Pourquoi donc avez-vous changé de nom ?—Si vous me faisiez cette question tête-à-tête, j'y répondrais avec tout le respect que je dois à votre majesté ; mais en présence de cette nombreuse assemblée je garderai le silence, à moins qu'il ne me soit ordonné, par mon souverain, de dévoiler les secrets de ma terrible infortune. — Où avez-vous connu ce vieillard? dit le roi. — Dans son hermitage, reprit Isabelle, et en même-tems elle raconta son retour de France en Espagne; passant à son voyage solitaire, elle dit comment elle avait été à portée de secourir le vieillard. — Une voix s'éleva du sein de l'assemblée, et cria, je déclare qu'il ne dit point la vérité. Isabelle jeta aussitôt les yeux sur celui qui venait de parler. Quoique vêtu avec toute la magnificence d'un prince, elle crut le reconnaître, et lui dit : « Si je ne me trompe, c'est toi-même qui fus le ravisseur de cet infortuné; c'est toi que j'ai épargné de ma colère, et c'est ta fureur, sans doute, jointe à ta puissance, qui m'a fait jeter dans les fers. — C'est lui-même, ajouta Vaudremont. — Eh bien ! si c'est toi, je demande au plus grand des monarques, en me jetant à ses pieds, de me permettre de soutenir la vérité de ce que j'avance, en te donnant un démenti. Tu fus un ingrat, un tyran, et tu m'as volé ou fait voler mes armes, mon or et mes pierreries. Telles sont les accusations que je porte contre toi sans te connaître, et voilà ton complice, ce magistrat perfide qui, selon tes discours, devait être notre protecteur, notre ami, et qui n'a été, d'accord avec toi, que notre persécuteur. »

Ces discours étonnèrent singulièrement le roi, qui écouta un moment la défense de Zacara qui bâtissait une fable dans laquelle il se perdait à tout moment. Pendant ce tems, Isabelle apprenait le sujet de cette séance, et demandant la parole, elle dit au roi.

« Sire, je vois qu'il est question d'un Vaudremont qui, dit-on, s'est retiré en France après avoir abandonné Susanna, son épouse; je vous déclare, ô moi roi ! que dans ma prison j'ai lu ces mots sur les murs : *Félix de Vaudremont d'Alcantara, prince lorrain, détenu pendant trois années, dans ces lieux, par la trahison de l'infâme, de l'usurpateur Zacara.* A ces mots, tout le monde jeta les yeux sur le prince, qui rougit. Susanna poussa un cri de surprise ; le vieillard, étonné, tendit les bras et demanda la parole au monarque. Il répéta la révélation que lui avaient faite le prince et son magistrat réunis. Isabelle, à son tour, dit que par tout sur les murs on voyait écrits les noms de Vaudremont et de Susanna, et que leurs chiffres étaient enlacés et environnés de liens d'amour.

A toutes ces déclarations, il ne s'éleva qu'une voix pour supplier le monarque de forcer le prince Zacara à représenter don Pedro, ou à être lui-même jeté dans les fers jusqu'à ce que sa victime fût retrouvée. Le roi ne balança point à rendre cet arrêt, et à commander à ses gardes de saisir le magistrat qui avait secondé l'usurpation de Zacara. En même-tems il envoya des commissaires pour vérifier

si les paroles, les noms et les chiffres
dont parlait d'Armagnac, étaient en effet gravés sur les murs.

Mais on n'eut pas besoin d'attendre le
rapport des commissaires ; le prince,
vaincu par la foule de preuves qui l'as-
saillaient subitement, coup sur coup, et
dans l'instant où il s'y attendait le moins,
avoua son crime, et déclarant que
don Pedro vivait encore; le magistrat,
ayant été interpellé, désigna la prison
dans laquelle il était détenu, et soudain
le roi donna des ordres pour qu'il fût
mis en liberté, et qu'il parût devant lui.

Ces ordres étaient à peine donnés que
Vaudremont, s'approchant de Susanna,
lui prodigua mille témoignages de tendresse, et prenant son enfant dans ses
bras, déclara hautement qu'il le reconnaissait et l'adoptait pour l'héritier de sa
maison.

Pendant cette scène attendrissante,
le prince Zacara voulut se retirer de
l'audience du roi. Isabelle s'en apperçut,

et portant la parole, elle s'écria : « Sire,
ne souffrez pas que l'usurpateur des biens
de Vaudremont, que celui qui lui donna
cinq ans de captivité rigoureuse, échappe
librement à votre vue. Quand à moi,
justement irrité, je ne demande aucune
vengeance, mais je réclame mon armure, mon or et mes pierreries qui
m'ont été enlevés. »

A ces mots, le monarque jeta un
coup-d'œil terrible sur le prince Zacara.
« Est-ce vous, en effet, lui dit-il, qui
avez dépouillé ce jeune guerrier ? Zacara, confus, baissa la tête. Rarement
le crime confondu conserve de la fierté,
à moins qu'il ne soit enfanté par quelque passion digne d'élever le cœur de
l'homme. Le roi répéta sa demande, et
il ordonna au prince de parler. Il répondit au roi. « Sire, la vengeance plus
que la cupidité m'a fait dépouiller ce
guerrier. Coupable du meurtre de mon
écuyer, il méritait la prison et je lui devais un jugement. Fallait-il lui laisser

son or et ses pierreries , afin qu'il s'en
servît pour corrompre les soldats pré-
posés à sa garde ? J'entends, reprit le
monarque, vous avez voulu être le seul
corrompu. Ces crimes ne resteront pas
impunis sous mes yeux. »

Il dit, un léger murmure se fait entendre. Tous les yeux sont tournés vers
l'entrée de la salle d'audience ; bientôt le
sentiment de la pitié est sur tous les
visages ; on voit s'avancer , à pas lents ,
un jeune homme pâle , et qui a une démarche mal assurée. Ce n'est plus cette
noble fierté de l'aimable don Pédro ,
c'est l'accablement, le découragement;
c'est une victime expirante de la douleur. On ne lui a pas dit encore la cause
qui l'arrache à sa prison ; il ignore si on
le conduit à la mort, ou si on va le déposer dans quelque cachot plus téné-
breux.

Sitôt que Susanna, occupée des empressemens du vieillard Vaudremont,
voit et reconnaît son époux ; elle vole

au devant de ses pas tremblans, et se précipite à ses genoux pour lui demander pardon des accusations injustes qu'elle a portées contre lui.

Le jeune Vaudremont lève une paupière languissante, reconnaît son épouse; son premier mouvement est de céder à l'impulsion de l'amour, qui n'est pas sorti de son sein ; il est ému ; de ses bras faibles et palpitans il la relève et la reçoit sur son cœur ; mais presque aussitôt les souvenirs, que rappelle la calomnie, adroitement répandue par Zacara, lui font envisager ce premier mouvement comme une faiblesse indigne d'un homme d'honneur, et il repousse Susanna avec une sorte d'effroi. Il lève les yeux au ciel comme pour le prendre à témoin de la justice de son accusation, mais dans ce moment il apperçoit cette assemblée auguste. Il est frappé de cet imposant appareil ; il ne sait à quoi l'attribuer; encore ébloui par la vivacité de la lumière, il ne-supporte point l'éclat dont brille le trône de son souverain qu'il ne reconnaît pas encore, lorsque ce monarque, plein de commisération, de justice et de bonté, prend la parole et lui dit :

» Vaillant et sage Vaudremont, reconnais Henri ton souverain ; il est ici pour te rendre justice. Tu fus persécuté, trahi, dépouillé, jeté dans les fers ; je suis venu pour te venger, te rendre mon amitié, ton épouse, tes états. Ouvre ton ame à la joie d'une nouvelle non moins heureuse qu'inattendue. Ton épouse fut calomniée à tes yeux par les secrètes menées de ton persécuteur ; tu fus calomnié près de ton épouse par des voies aussi coupables, aussi ténébreuses. Elle a tout oublié, parce que les calomniateurs sont connus. Seras-tu moins généreux, et lorsqu'elle te rend son amour, seras-tu insensible à ses embrassemens ? »

Susanna, toujours auprès de son époux le considérait avec la plus vive, comme la plus tendre impatience. Croyant lui voir un mouvement de sensibilité, elle se précipita dans ses bras, et Vaudremont, en la recevant, s'écria « mon roi voudrait-il me tromper ? j'atteste le ciel que ce cœur fut toujours à ma Susanna. » Puis, se tournant du côté du monarque, il le salua profondément, et le remercia de ce qu'il faisait pour lui ; et comme il jeta un regard autour de lui, il apperçut l'infâme Zacara qui, ne pouvant supporter le feu de ses regards, baissa honteusement la vue. » O mon prince ! s'écria le jeune Vaudremont, vous ne connaissez pas toute la perfidie de cet ambitieux. » Je sais, reprit le monarque, tout ce que tu pourrais me dire à cet égard ; ce vieillard vertueux, qui brûle de te recevoir dans ses bras, nous a tout révélé. »

Isabelle, en ce moment, prenant l'enfant de Susanna, dans ses bras, l'approche du jeune Vaudremont ; en même-tems le vieillard s'avance pour embrasser son fils.

« O jeune infortuné ! s'écrie le mo-

narque, reconnais ton aïeul dans ce
vieillard, et ton fils dans cet enfant. —
Mon aïeul et mon fils! Quoi! Susanna...
— Susanna, dit le vieillard, a mis au
monde ce précieux enfant, plusieurs
mois après la trahison de Zacara, et moi,
ô mon fils! je suis ce Vaudremont qui
quitta, désespéré, le camp de Charles,
encore dauphin, et dont les miens n'ont
jamais entendu parler. Le crime d'autrui conduisit mes pas dans la retraite;
le crime d'autrui m'en a retiré, et le
ciel a permis qu'il servît à précipiter
dans l'abîme celui qui voulait t'y laisser
en profitant de son usurpation. »

Cet éclaircissement, la tendresse de
Susanna, celle de son enfant, les tendres soins d'Isabelle, la honte, la confusion de Zacara, et la joie bienveillante
de son souverain, tout contribua à persuader le jeune Vaudremont de la vérité
de tout ce qui frappait ses regards, et le
remplissait d'un étonnement qui le com-
blait de joie.

Il reçut, pendant quelques momens, les tendres embrassemens de tous les siens, et se dégageant de leurs bras, ayant repris toute sa force, toute son énergie, il se précipita aux pieds du monarque, et lui exprimant de nouveau sa reconnaissance, il lui jura une fidélité éternelle, et finit sa protestation de bons et loyaux services, en le suppliant de lui accorder la faveur d'un combat à mort, et en champ clos, contre l'usurpateur de ses états, contre l'infâme Zacara.

« Cette réparation, dit le monarque, te sera refusée. Jeune homme ! ta vertu s'égare en ce moment. Quoi ! tu veux combattre un prince criminel ! Il est des fautes qui peuvent être expiées par un combat, parce qu'elles sont de simples offenses ; mais les crimes d'état doivent être punis par les lois de l'état. Dès ce moment, le prince de Zacara est sous le glaive de la justice, et non sous celui des combats. Je te rends aujourd'hui la possession des biens de tes pères : je

compte sur tes services comme sur ceux
de tes nobles ayeux. Vous , d'Armagnac, votre or, votre armure, vos pierreries, vont vous être rendus, et je déclare, en présence des grands de mon
empire, que le meurtre de votre main
contre l'écuyer du prince Zacara, fut
légitime; et vous, vieillard, que trente-
cinq ans de séjour dans mes états ont
rendu mon sujet, daignez m'accorder
le reste des années que la Providence
vous destine. Vous serez mon conseil
et mon ami : les rois trouvent si rarement l'un et l'autre! C'est la récompense
que je réclame pour les services que j'ai
rendus à votre sang. »

Le vieillard s'inclina profondément ,
comme s'il acquiesçait à la demande du
roi , ne croyant pas que ce fût le moment d'exprimer le desir impérieux de
retourner dans ses cavernes; mais dès
le lendemain, ayant obtenu une audience du roi , il lui dit :

« Sire , quand je me suis décidé à renoncer à la société des hommes, ce n'était pas parce qu'il me manquait un asyle. J'étais encore un des premiers de la cour du Dauphin de France, et et j'avais la possession de mes états de Lorraine, que nul mortel n'avait droit de me ravir ; mais j'abhorrais les hommes pour les crimes dont je les voyais habituellement se souiller. Les plus grands de l'état semblaient rivaliser entre eux de rapines et de cruautés ; et le peuple se montrant féroce à la voix de ses chefs, devenait encore plus audacieux dans l'exécution du crime que ceux qui le lui commandaient.

» Rougissant d'être homme, effrayé de la nécessité où je me voyais de ne pouvoir soutenir des droits légitimes qu'en faisant couler des fleuves de sang, j'abhorrai ma situation. Je me sauvai du camp du Dauphin, non par crainte, mais par humanité. J'allai chercher loin des hommes une retraite qui me laissât respirer, et qui me fît attendre

en paix l'heure derniere qui devait me
réunir à l'être, sans doute, infiniment
sage, mais bien incompréhensible, qui
a permis tant de crimes, tant de désor-
dres dans le cœur des mortels, au milieu
d'un monde dont l'harmonie rappelle
un créateur divin, une sagesse éternelle.

» J'ai trouvé cette retraite et j'approche du moment où ces contradic-
tions vont s'expliquer à mes esprits
étonnés. Dois-je quitter l'une et chercher à m'éloigner de l'autre, pour rentrer dans un monde qui m'inspira tant
d'horreur ? Que me direz-vous pour m'y
rattacher ? Lorsque c'est un crime encore qui m'arrache à ma retraite, dont
sans lui je ne serais sorti que pour entrer dans le tombeau ? Le monde est-il
meilleur, que lorsque je me décidai à
le quitter ? Depuis que j'en suis sorti,
je n'ai vu que des crimes, je n'ai appris
que des crimes, je ne dois donc espérer
pour l'avenir que des crimes ? Laissez-
moi, ô prince magnanime et puissant !

laissez - moi retourner dans mes déserts
et y chercher la mort, seul véritable
asyle contre les méchans.

» O vieillard! répondit le monarque,
j'avais une meilleure opinion de ta sagesse. Tu te plains de la méchanceté
des hommes. Eh! qui ne partage pas ton
opinion? Mais, s'il est de méchans
hommes, il en est aussi de bons. Croi-
rais-tu être le seul homme vertueux sur
la terre? Eh! que dirais-tu, si je te dé-
montrais que tu ne l'es pas toi-même?
La vertu ne consiste pas à ne point faire
du mal aux hommes, mais à leur faire
du bien. Et la vertu par excellence est
de faire du bien à ceux qui nous ont
fait du mal; or, toi qui sembles mépriser les humains, quel bien as tu fait,
je ne dis pas à tes ennemis, mais à tes
semblables pendant les trente-cinq années de ta retraite? Fais-nous voir par
mille biens rendus à l'humanité, que tu
fus meilleur que nous et que tu acquis
le droit de nous blâmer ; si quelqu'un

doit renoncer à la société, c'est le méchant. Le bon est blâmable de s'isoler, ne dût-il rendre d'autre service à ses semblables, que de leur servir d'exemple dans le bien qu'il sait faire. Que deviendrait le monde si tous les hommes de bien le fuyaient comme-toi? Que serais tu devenu toi-même ainsi que toute ta famille, si le jeune et vaillant d'Armagnac, au lieu de vivre au milieu des hommes, s'était réfugié dans les déserts? Ton fils ne serait-il pas encore dans les cachots et n'y pourrirais-tu pas toi-même, si, lassé des injustices des hommes, j'étais descendu du trône pour le céder à quelque tyran? Crois-tu que je n'aye point à souffrir de la méchanceté de quelques uns de mes sujets? Penses-tu que le plaisir de commander dédommage suffisamment un cœur sensible de tous les maux, dont l'aspect est si fatigant? Je n'en suis dédommagé que par le peu de bien que je fais, et par la satisfaction que j'éprouve en

royant que j'ai le courage de remplir la
tâche pénible à laquelle la Providence
m'a destiné. Viens la partager avec moi,
et sois heureux du bien que nous avons à
faire Entre dans la balance avec ton souverain, aide lui à servir de contre-poids
à tant de méchans qui veulent l'emporter : c'est alors que tu pourras espérer
une récompense du Très-Haut ; mais
si tu vis dans l'inaction, ton espoir doit
se borner à n'être pas un jour puni pour
n'avoir pas fait de tes lumières et de ta
vertu l'emploi auquel le ciel les avait
destinées. »

CHAPITRE IV.

Vaudremont écouta le discours du roi avec la modestie et le respect qu'il devait à son souverain, il en sentit la justice; mais, tout en convenant que le monarque avait raison, tout en se persuadant que la vertu consistait en effet, à opposer une digue à l'ambition des méchans et à leur donner sa vie plutôt que de leur céder, il n'en resta pas moins fidèle à sa chère solitude dans laquelleil avait goûté trente-six ans de paix. C'est ainsi que l'homme de bien agit quelquefois contre sa conscience, lorsqu'il s'agit de se lancer au travers d'un monde corrompu dont il ne se sent pas en état de braver l'iniquité. Si Vaudremont avait été dans une moins grande viellèsse, s'il n'avait pas eu plus de trente. années d'habitude à surmonter, il aurait pu céder à la voix de Henri : mais le penchant qui l'entraînait commanda sa décision ; et le roi, accédant à regret à ses desirs, le laissa libre d'agir à sa volonté. N'ayant pas pu réussir auprès de Vaudremont, il voulut du moins essayer de conserver auprès de sa personne le jeune et beau d'Armagnac, auquel il avait fait restituer tout ce qui lui avait été pris : mais Isabelle avait trop de raisons de ne point paraître au grand jour ; elle devait d'autant moins céder aux desirs du roi qu'elle était connue. Son nom, répété à la cour l'eût été en Aragon, et son frère, la sachant à Madrid, n'aurait pas manqué de venir l'y joindre.

Cependant le roi parut irrité du refus de d'Armagnac, qui ne lui parut pas suffisamment motivé. Il sembla à Isabelle qu'elle l'avait offensé. Quelques paroles, échapées au monarque dans son dépit, lui avaient fait craindre qu'il ne se déclarât l'ennemi de sa famille,

ou qu'il ne la soupçonnât de mensonge
dans le nom qu'elle se donnait, et
craignant un éclaircissement qui aurait
pu lui devenir funeste, elle fit solliciter
la faveur d'une nouvelle audience auprès du monarque, et l'ayant obtenue
le troisième jour, elle se jetta aux pieds
de son roi et le conjura de lui accorder
un moment d'audience particulière,
dans laquelle elle pût lui confier des
secrets, que sa bouche devait retenir
pour tout autre que pour lui.

Le roi, jettant un regard de sensibilité sur ce jeune chevalier, qui à tant
de noblesse et de fierté joignait une
grâce particulière, fit retirer tout le
monde, ce que n'oseraient pas faire
tous ceux qui sont à la tête des gouver-
nemens ; et Isabelle prenant la parole,
lui rappella ce qui était arrivé aux
d'Armagnacs, et ayant cherché à excuser de son mieux la faiblesse du frère
et de la sœur, elle ajouta, en se jettant
aux pieds du roi :

« Cette sœur, en venant vivre dans vos Etats, a voulu que nul scandale ne vous forçat à la hair, et fuyant la demeure de ses pères sous un déguisement qui lui est familier, et sous un nom étranger afin de n'être pas retrouvée par son frère, paraît aujourd'hni devant vous et vous prouve, par cet aveu, qu'elle ne peut vivre comme chevalier à la cour d'un roi vertueux ni y séjourner comme femme, parce ce qu'elle y serait mal prisée par les dames de votre épouse, et qu'elle n'y serait pas en sûreté contre les poursuites de son frère. »

Le roi, ayant entendu cette déclaration, fut ravi du courage et de la vertu de cette héroïne. Il lui fit quelques objections pour la décider à vivre à sa cour, ou comme chevalier, promettant de garder son secret, ou comme femme en la faisant entrer à la compagnie de la reine. Mais les réponses d'Isabelle furent victorieuses, et le monarque, après lui avoir fait quelques présens, lui permit de porter à l'avenir le nom d'Alonzo, et la laissa libre ou de parcourir ses Etats, ou de se fixer, jusqu'à nouvel ordre, dans quelque retraite où elle pût être en sûreté contre la poursuite des siens.

Elle se retira donc avec le nom d'Alonzo, dans la famille de Vaudremont, où elle passa deux jours avec le vieillard, qui jouissait d'un bonheur inespéré, en voyant la douceur d'un ménage aussi bien uni que celui de ces jeunes époux. Isabelle les quitta malgré les pressantes instances qu'on lui fit, et le vieillard, un mois après, annonça le sien à ses enfans, qui avaient espéré que leur aïeul se déciderait à passer le reste de ses jours avec eux; mais il se montra inflexible et toute la grâce qu'il put accorder à son fils, fut de lui permettre de venir le visiter seul et sans aucune espèce de suite, deux fois l'an, dans sa retraite; en conséquence, ayant fait plier son ha-

bit dans une valise, il se mit en route
avec son fils et une bonne escorte. Arrivé à une lieue de son habitation, il
mit pied à terre, afin de prendre congé
de son fils, quitta les habits dont il était
revêtu, prit ceux de la valise, et disant
adieu à son petit-fils, il s'en sépara, non
sans attendrissement; et, se plongeant
dans la forêt, il se dirigea à pas lents
vers son hermitage.

A proportion qu'il en approchait, son
cœur semblait s'épanouir et se préparer
à la plus douce joie.

Quand il fut près de sa première
grotte, il entendit la voix de son chien
qui aboyait, comme lorsqu'autrefois il
voulait l'avertir de l'arrivée de quelqu'un. Cette voix lui donna du courage. A peine avait-il fait encore dix
pas, que son fidèle castor sautant et
grimpant autour de sa robe, se mit à
pousser des cris de joie. « O mon ami!
ô mon bien aimant compagnon! quel-
'n a donc pris soin de toi! Te voilà

dans ton embonpoint ordinaire. » Il dit
et veut marcher, mais le chien toujours
caressent, l'entravait et suspendait ses
pas.

Pendant qu'il est ainsi arrêté, un autre
objet lui prépare une plus étrange surprise. Le vieillard, voulant enfin continuer son chemin pour entrer dans sa
première caverne, y porte ses regards,
il en voit sortir un hermite qui vient à
lui. « O ciel, s'écria-t-il, par-tout des injustices! voilà que le seul asyle de mes
derniers jours m'est enlevé. Cet hermite
me paraît jeune et vigoureux, suis-je en
état de lutter contre lui? » Tandis qu'il
fait ces réflexions, l'hermite marchant
toujours à lui, élève la voix, et lui dit :
» Soyez le bien arrivé, ô sage Vaudremont! je croyais vous avoir dit adieu
pour la vie, ô mon père! excuserez-vous
ma témérité ?

Ces paroles rassurent un peu le vieillard ; cette voix ne lui semble pas inconnue ; ces traits, ces beaux traits que son

œil, affaibli par l'âge, distingue à peine,
semblent être ceux de son libérateur.
Me trompé-je ?... ciel... n'est-ce pas...
serais-je assez heureux... — Ah ! si c'est
en effet un bonheur pour vous, reprit
l'hermite en approchant toujours, je
je n'ai plus d'incertitude sur les sentimens que devait m'inspirer ma témérité. Je suis en effet votre ami, et je
n'aspire qu'au bonheur d'être votre ser-
viteur et votre compagnon. — O mon
cher Pedro, sous quel habit !... pourquoi, si jeune encore... quel chagrin a
pu vous décider... ô mon Dieu ! donne-
moi la force de supporter et mon étonnement et ma joie ! »

Ainsi parlait le bon vieillard lorsque
Isabelle, car on voit que c'est elle qui
l'a prévenu dans ces sombres retraites,
est auprès de lui. Vaudremont la saisit,
et l'embrasse avec une cordialité bien
sincère. Isabelle craint, par pudeur, de
condescendre aux transports du vieillard ; elle craint encore plus de n'y pas

céder, de peur de faire naître des soupçons qu'il lui importe d'éloigner. Elle
s'arrache insensiblement des bras du
vieillard, lui fait de tendres amitiés, le
conduit dans sa demeure, et l'établit de
nouveau maître chez lui, en lui mar-
quant toute l'obéissance, le zèle et le
respect qu'un fils religieux rend à son
à son père bien aimé.

A peine le vieillard était-il assis, qu'Isabelle lui présenta une boisson douce et
restaurante, et lui servit un repas conforme aux goûts qu'il était permis d'a-
voir dans cette retraite; puis Vaudremont adressant la parole à Isabelle, lui
parla ainsi :

O mon jeune ami ! dis-moi quel esprit
t'inspira de venir dans cette retraite, me
combler de nouveaux bienfaits, et comment tu as fait pour t'y établir de la
sorte, et maintenir par-tout l'ordre et
la fécondité. »

Isabelle, qui était depuis un mois dans
cette demeure, avait eu le tems de pré-

-parer sa réponse ; en conséquence, elle dit : .

» O mon père ! et daignez ne pas vous offenser de cette expression. — Non, non, mon jeune ami. — Si vous permettez que je vous nomme mon père, vous ne me forcerez pas à m'eloigner de ces lieux. Vous ne chasserez pas votre fils. — Te chasser, ô mon ami, plutôt moi-même aller habiter les forêts ; mais je pourrais exiger de ta loyauté que tu quittasses ces lieux, si les motifs qui t'ont amené dans cette retraite, ne sont pas suffisans à mes yeux. Parle donc, et dis sans détours tes funestes aventures ; car je présume que, pour apporter sur ton front ces soucis qu'on y voit constamment empreints, il a fallu les plus grandes peines, et pour se décider à une retraite aussi sauvage, il faut avoir eu à se plaindre beaucoup des hommes. — Il est vrai, reprit Isabelle un peu embarrassée d'avance du mensonge qu'elle allait être obligée de donner, que les hommes m'ont fait beaucoup de mal, mais mes passions m'en ont fait bien davantage. Ce sont elles qui ont été mes plus cruels enne-mis, et c'est pour les dompter que je cherche les solitudes les plus profondes, les plus retirées. O mon père ! armez-vous de courage, car vous allez ap-prendre que je fus un grand criminel, et peut-être alors m'ordonnerez-vous de vous fuir pour jamais. »

» Parle avec confiance, mon ami ; l'homme dont le repentir est sincère, est plus loin de la faute que celui qui n'y est jamais tombé. »

Ces paroles encourageant Isabelle, elle raconta ses aventures telles qu'elles étaient sans y changer la moindre cir-constance, si ce n'est qu'au lieu de se dire Isabelle, elle se dit être d'Arma-gnac, et finit l'histoire de ses amours en disant, qu'après avoir vu l'impossibilité où elle se croyait, de renoncer à sa pas-sion, jugeant qu'il fallait qu'Isabelle ou lui quittât la maison paternelle, il avait

préféré de s'expatrier le premier. « Depuis ce tems je n'ai vu, ajouta-t-elle,
que des méchans en Espagne comme en
France ; après vous avoir quitté même,
incertain de ce que j'allais devenir, j'aurais tourné mes pas d'un autre côté, si
une aventure, que je vous raconterai
dans un autre tems, ne m'avait pas décidé. à quitter le monde pour jamais.
J'aurais pu aller chercher un mo-
nastère, mais là j'aurais aussi trouvé
des hommes, et vraisemblablement
des méchans. — Bien, bien ! s'écria
le vieillard. C'est ainsi que je raison-
nai quand je fis choix de cette solitude.

» Voilà donc, répliqua le vieillard,
les raisons qui t'ont décidé à quitter le
monde ; elles sont fortes, mais peut-être
pas suffisantes aux yeux d'un plus sage
que moi. Un autre te dirait qu'il eût été
plus grand de triompher par la vertu que
par la fuite ; mais il est beau peut-être
d'avoir eu la force de fuir, quand il ne

te restait plus celle de résister. Au reste,
je dois être indulgent, moi, qui plus légèrement encore peut-être ai quitté la
France, ma patrie, dans le tems que
mon bras eut pu la secourir. Quant à toi
ce même Charles, que j'ai long-tems
servi, ce Charles pour lequel ton aïeul
a sacrifié sa fortune et sa vie, t'a chassé
de ses états en te privant des tiens. Tu ne
dois donc rien à la France; mais tu dois
à l'humanité, et à ce titre, peut-être
ton sacrifice n'est-il pas suffisamment
motivé. »

Cependant Vaudremont n'avait pas
décidément prononcé sur le sort d'Isabelle; mais elle n'eut pas de peine à deviner que le vieillard n'était pas fâché
d'avoir quelqu'un pour l'aider dans ses
travaux, et pour lui fermer la paupière.
En conséquence, se décidant à habiter
avec lui, sa conduite fut celle d'un fils
tendre à l'égard de son père et celle de
Vaudremont, comme s'il eût été instruit
du sexe d'Isabelle, était celle d'un père

aimant à l'égard de sa fille. Il était plein d'égards et de soins délicats ; il craignait toujours qu'elle n'entreprît un travail au-dessus de ses forces ; il exigea qu'elle se bornât aux travaux du dedans ; il voulait seul vaquer à ceux du dehors, et s'il lui permettait quelquefois de mettre la main à l'œuvre, ce n'était jamais que dans les premières heures de la matinée et vers le déclin du jour ; ce qui fit soupçonner à Isabelle que le vieillard, ayant pénétré son secret, soit par quelque indiscrétion on inadvertance, en racontant ses aventures, soit par tout autre moyen, avait eu la délicatesse de ne point lui en parler. Cette situation aurait été embarrassante avec un compagnon tout autre que Vaudremont ; mais son grand âge la rassurait ; et les tendres bontés, qu'il avait pour elle, étaient si bien émanées d'une secrète bienveillance, qui n'avait rien de criminel, qu'elle était chaque jour plus rassurée sur sa position.

Une seule chose la tourmentait assez fréquemment dans sa retraite. L'image de ses frères était toujours là pour occuper son souvenir. Elle ne pouvait les avoir oubliés ; le cher comte sur-tout, ne pouvait pas n'être pas aimé. S'il avait été coupable ; s'il avait forcé sa sœur à s'expatrier, on le lui pardonnait en faveur du motif. Nul desir, il est vrai ne venait l'assaillir. Toujours pure dans ses pensées, elle ne voyait son cher comte que comme un frère, et malgré sa vive tendresse pour lui, elle aurait consenti plus volontiers à ne le voir de la vie qu'à le voir criminel. Mais pouvait-elle ne pas desirer par dessus tout de savoir ce qu'il était devenu ? Vous-même, lecteur, malgré ce que vous en connaissez, et qu'Isabelle ignorait encore, n'êtes vous pas desireux d'apprendre si le filtre a continué d'opérer son effet, et si le comte de Foix a réussi dans le projet qui le conduisait auprès du nouveau roi Louis XI ? Si vous n'êtes pas impatient de le savoir , je le suis de vous l'apprendre ; et comme je ne peux pas deviner vos goûts , il faut bien en ceci que vous vous conformiez aux miens.

CHAPITRE V.

LE comte de Foix, étant parti pour la cour de France, et le comte d'Armagnac, d'après le filtre qu'il avait avalé, ne se sentant plus aucun amour pour Isabelle, celui-ci était fier de sa vertu. Le tems lui durait d'en faire parade et de montrer à l'Univers qu'il était susceptible d'un repentir sincère ; en conséqüence, congédiant ses Bohémiens au grand regret de ses deux frères, qui à l'insçu l'un de l'autre, s'accommodaient parfaitement des bontés de la belle Christina, il annonça qu'il allait parcourir l'Espagne, et qu'il ne rentrerait chez lui qu'après avoir trouvé Isabelle. Je suis impatient, disait-il, de vous prouver qu'une forte volonté peut agir sur le cœur de l'homme, et que les passions les plus vives sont susceptibles d'être domptées sous l'empire de la vertu.

Charles fut le premier à demander d'accompagner son frère : Lescun vint ensuite, mais tous deux furent également refusés. Si Isabelle vous est chère, leur dit-il, vous pouvez, aussi généreux que moi, prendre une route différente, et plus nous serons divisés dans nos recherches, plus nous aurons l'espoir de réussir. Charles goûta ce projet, et Lescun consentit à rester au château, soit pour gouverner les affaires de la famille, ayant plus de talens pour la partie administrative que pour l'art militaire, soit pour être informé des nouvelles que le comte de Foix pourrait envoyer de la cour de France.

Toutes les affaires étant ainsi réglées, Charles partit de son côté, le comte du sien ; et Lescun restant, se chargea de faire partir aussitôt les Bohémiens ; mais il comptait, sous différens prétextes, les retenir encore un peu de tems. Combien il allait être heureux de posséder librement sa chère Christina ? Ce n'était plus

pour l'imitation d'Isabelle qu'il l'aimait,
c'était pour elle-même; pour ces attraits
si puissans, pour cet air d'innocence et
ces emportemens de volupté où la passion seule semblait la jetter, et qui n'é-
taient qu'une folie trompeuse, dont elle
se servait avec adresse, parce qu'elle savait que l'aimable Lescun aimait moins
le plaisir pour celui qu'il obtenait que
pour celui qu'il procurait. De telles
femmes sont si accoutumées à tromper,
qu'elles savent ne faire votre bonheur
qu'en vous abusant. O vous jeunes hommes qui vous y livrez! Quel triste emploi vous faites de la vie! Mais laissons
Lescun, qui était trop doux et trop
clairvoyant pour être long-tems abusé,
et qui fut obligé de prendre bièntôt des
détours pour se défaire de sa Christina,
comme il en avait pris pour s'en assurer
la possession exclusive. Voici à quelle occasion.

Il était un jour dans un cabinet de
verdure, occupé tour-à-tour des mal-

heurs de sa famille et des douceurs de
son amour, lorsqu'il vit arriver Christina, penchée amoureusement sur l'é-
paule d'un des gens de la maison, qui
était contrefait, mal vêtu, et qui n'était
gardé dans la maison que par charité.

Lescun, étonné de cet accord mons-
trueux à ses regards, se mit à observer
en silence. « Voici un lieu favorable,
dit Christina à cet être dégoûtant ; fais-
moi voir ce vase si précieux dont tu
m'as parlé : s'il est tel que tu me l'as
dépeint, tu vas connaître des plaisirs
pour lesquels les princes et les héros ont
fait maints sacrifices. »

Le lourd valet sort alors de dessous
un manteau graisseux un vase antique,
qui avait servi de coupe au trisaïeul des
d'Armagnacs, et qui maintenant était
relégué parmi ces choses précieuses qui,
dans les grandes maisons, sont à peine
visitées trois fois dans une génération.
Christina, après avoir souri à la coupe,
se tourna du côté du valet, et lui passa

délicatement la main sous le menton , signal ignominieux de sa défaite. Le valet se mit aussitôt en devoir. Sa nudité laissa voir une plaie dégoûtante qui aurait déconcerté la plus aguerrie; Christina, emportée par l'ardeur de posséder le vase, allait consommer l'œuvre d'iniquité, lorsque Lescun fit quelques mouvemens dans le feuillage et toussa. La frayeur dispersa les coupables. Christina se sauva la première; le valet, se hâtant de rajuster son haut-de-chausse , courut après elle, car elle emportait la coupe, et ce ne fut qu'en la menaçant d'une dénonciation comme voleuse, qu'il la contraignit à la lui rendre ; et presqu'aussitôt il s'en vit dépouiller de nouveau par la rencontre inopinée d'un vieux pan de mur encore sur pied, reste d'un temple anciennement dédié à Mercure. Christina s'en approcha comme pour admirer ces ruines. Elle déplora le tems des égaremens du peuple qui lui faisaient trouver un Dieu dans le protecteur des fripons et, faisant observer à son manant que ce lieu était solitaire, elle se hâta de gagner le vase qui lui était offert ; mais elle en conserva toute sa vie un honteux souvenir dont elle fit éprouver le repentir à bien d'autres.

Lescun, rentra au château, annonça aussitôt à Caracciachelli qu'il venait de recevoir une lettre de son frère, le comte, qui lui mandait qu'il serait au château dans deux jours et le pria de se retirer, afin qu'il n'eut pas des reproches à essuyer pour avoir gardé sa troupe au-delà du terme qui avait été fixé. Caracciachelli, qui par caractère aimait à voyager, consentit à partir dès le lendemain, et la belle Christina s'éloigna, emportant la coupe et laissant Lescun abreuvé de dégoûts.

Tels seraient tous ceux qui s'approchent de tant de beautés célèbres ; s'ils pouvaient être témoins secrets d'une des mille et cent facéties ignobles auxquelles elles se livrent sans honte, parce que, dit-on, l'habitude est une seconde nature.

Lescun, désormais plus sage faute d'occasion, se livra aux affaires de l'état et de la maison, qui avaient été négligées par la force et par l'attrait du plaisir. Quant à Charles, il oublia bientôt l'objet de ses recherches. Le roi d'Espagne était en guerre contre Alphonse, roi de Portugal, il fut au secours du premier, et se distingua par cent traits de valeur.

Le comte, plus fidèle à son projet, poursuivit sa route et ses recherches. Il éprouva diverses aventures que je crois inutile de raconter, comme étrangères à mon sujet; je dirai seulement que le hasard, l'ayant fait loger dans ses courses chez Vaudremont, chevalier d'Alcantara, il y apprit tout ce que celui, qu'on disait être son frère, avait fait pour le bonheur de deux époux. Il n'eut pas de peine à reconnaître sa sœur dans ce qu'on lui racontait; il avoua à ses hôtes, qui le comblaient d'amitié, que la sœur qu'il cherchait était précisément le chevalier dont ils vantaient la bonne mine, la prudence, la fermeté, la valeur. Il tâcha d'obtenir des éclaircissemens sur sa retraite; mais ce fut en vain. Alcantara lui dit seulement qu'Isabelle avait eu un entretien particulier avec le roi, et qu'il était possible qu'elle lui eût dit, et son secret sur le passé, et ses projets pour l'avenir. En conséquence, d'Armagnac, après avoir passé quelques jours dans le château d'Alcantara, partit pour Madrid.

Il se présenta à la cour, offrit ses hommages à son nouveau souverain, et après s'être fait plusieurs connaissances, il obtint de quelques dames la protection de la reine pour avoir un entretien particulier avec le roi. Le monarque lui avoua qu'en effet Isabelle lui avait appris le secret de son sexe, mais qu'il ignorait dans qu'elle partie de ses vastes domaines elle avait porté ses pas; que cependant il pouvait lui donner un guide fidèle avec lequel il suivrait ses traces; en lui annonçant qu'il avait permis à Isabelle de voyager sous le nom d'Alonzo.

Ces renseignemens étaient précieux pour d'Armagnac. Ayant pris congé du roi, auquel il promit que sitôt qu'il aurait trouvé sa sœur, il lèverait un corps de troupes avec lequel il marcherait contre le Portugal, il prit des informations sur don Alonzo, et sachant qu'il avait pris, en partant d'Osma, la route d'Albarasin, il se mit à sa poursuite. A Albarasin, il apprit que don Alonzo avait passé dans cette ville près de deux mois auparavant, et qu'il avait pris la route de Tortose.

Arrivé à Tortose, il apprit qu'Isabelle s'était embarquée pour Barcelonne : il s'embarqua pareillement, et suivit ses traces jusqu'à Rose, de Rose jusqu'à Campredon. Là, il apprit que le chevalier Alonzo avait pénétré dans les Pyrénées, et qu'on ne l'avait pas vu depuis ce tems-là. A-t-elle passé en France,

se disait d'Armagnac ? S'est-elle réfugiée
dans une forteresse sur les frontières,
en demandant du service à quelque gou-
verneur? Comme il faisait ces réflexions,
il lui vint au souvenir que l'hermite Vaudremont, père de celui qu'il avait visité
dans la Castille, habitant un désert sur
les Pyrénées, du côté de la mer, il était
possible qu'Isabelle fût allée renouveller
connaissance avec lui.

D'Armagnac se dirigea donc de ce
côté-là, il revint même jusqu'à Rose,
suivant les traces d'un chevalier qui avait
passé par-là à peu près dans le tems qu'il
savait qu'Isabelle y avait voyagé. Mais
à Rose, il apprit que le chevalier, qu'il
poursuivait de ses recherches, se nom-
mait Cardone; ce nom suffit pour le dérouter. Isabelle, ayant eu le dessein d'aller fixer son habitation à l'hermitage de
Vaudremont, avait cherché à dépayser
ceux qui seraient tentés de se mettre à sa
poursuite, et semblables à ces animaux
innocens et timides qui, avant de se

gîter dans la campagne, font des bonds,
des sauts, des marches, des contre-mar-
ches dans les mêmes lieux pour dérouter
leurs ennémis, et finissent par faire un
bond énorme pour tomber dans leur
gîte ; Isabelle avait fait également des
allées, des venues ; avait fait semblant
de vouloir s'embarquer pour la France ;
avait changé de nom, et avait pris la
route des Pyrénées, en annonçant
qu'elle allait en Roussillon.

Ces détours étaient faits pour tromper d'Armagnac ; cependant il ne laissa
pas de vouloir visiter les cavernes d'Arnoda, se proposant ensuite un voyage
secret en France, quoiqu'il y fût pros-
crit, et que s'il avait le malheur d'être
reconnu, il dût périr sur un échafaud :
mais pouvait-il montrer moins de courage qu'Isabelle qui, malgré les mêmes
dangers, ne laissait pas que d'avoir pris
la même résolution ?

Le voilà donc parti pour les cavernes
d'Arnoda. Il coucha dans la forêt,

n'ayant pu y arriver dans le jour ; mais le lendemain , dès le crépuscule, il fut à la porte de l'hermitage. Ayant mis pied à terre, il heurta. Isabelle, qui venait de se lever, courut à la porte, et ayant ouvert le guichet , elle allait demander qui frappait , lorsqu'elle reconnut son frère.

Rien n'égale la terreur dont elle fut frappée ; le pêcheur qui croyant saisir une anguille sous une roche, porte dans sa main, hors de l'eau , un énorme serpent qui forme plusieurs replis autour de son bras nu , n'est pas saisi d'une frayeur plus grande.

Isabelle courut aussitôt à Vaudremont, qui était encore étendu sur sa couche de feuilles mortes. « O mon père ! s'écriat-elle, je suis perdue, voici mon frère, je vous en ai imposé, je suis Isabelle, sœur de d'Armagnac, et non pas d'Armagnac lui-même. Où fuir ? où me cacher ? ciel ! que vais-je devenir ? c'en est fait, si vous ne prenez pas pitié de moi. »

Ces paroles sortaient avec précipitation de la bouche d'Isabelle. Elle était tremblante, et son œil lançait des regards qui annonçaient l'égarement.

Allez vous occuper de vos travaux dans le jardin, dit le vieillard, et je vais recevoir votre frère. Ne fuyez que lorsqu'il n'y aura plus aucun autre moyen de vous soustraire à sa fureur. S'il vous a devinée dans ces lieux, il vaut mieux qu'il vous parle en ma présence ; si c'est le hasard qui le conduit ici, il n'y séjournera pas long-tems.

Ainsi dit le vieillard, et d'une voix rauque et cassée, il répond du fond de sa caverne aux coups répétés de d'Armagnac, qui, reconnaissant qu'on l'a entendu, attend patiemment qu'on soit venu lui ouvrir.

Isabelle cependant a pris le chemin du jardin ; mais en passant près de la grotte aux animaux et appercevant son cheval, elle craignit que d'Armagnac,

en le voyant, ne le reconnût, et que
cet animal ne reconnût aussi celui de
d'Armagnac ; ce qui l'aurait totalement
décélée ; en conséquence, elle se hâta
de le détacher ; sauta dessus légèrement
et passant à travers le jardin elle l'en-
mena paître entre les rochers ; puis elle
revint se mettre à l'ouvrage comme le
lui avait recommandé Vaudremont.

Elle resta là près d'une heure, pio-
chant, sarclant sans trop savoir ce
qu'elle faisait. Elle était encore à cette
occupation, lorsqu'elle vit Vaudremont
et d'Armagnac se diriger de son côté.
Elle ne douta point que le vieillard
n'eût eu l'indiscrétion ou la faiblesse
d'avouer qu'elle était dans sa retraite ;
vingt fois elle fut sur le point d'aller au
devant d'eux, ne se sentant point le
courage de soutenir cette approche.
Jamais trouble plus grand n'agita le
cœur d'une femme. La tendresse et l'a-
mour du devoir, le plaisir et la frayeur,
le desir de se faire connaître et l'appré-

hension de ce qui pouvait s'en suivre
l'agitaient tour-à-tour. Elle avait son
capuchon fortement avancé sur le front.
Sa tête était baissée vers son ouvrage.
Son corps penché vers la terre et gêné
par la contrainte de l'esprit, n'avait
plus sous un vêtement grossier, cette
svelte attitude qui la distinguait glo-
rieusement parmi toutes les femmes.
D'Armagnac allait d'abord de son côté;
mais Vaudremont l'en détourna en prenant un autre sentier et l'engageant à le
suivre.

Quand d'Armagnac eut passé, elle se
releva un peu de son ouvrage, et dé-
tournant doucement la tête, relevant
légèrement son capuchon de la main
gauche, elle jetta un regard furtif sur
son frère qui détournait aussi la tête en
marchant, et avait les yeux sur elle.
Elle fut effrayée, mais contente de
cette curiosité. Il lui sembla qu'elle
était l'objet de ses recherches et cette
idée lui fit plaisir. Un instant après elle

le regarda encore, et vit qu'il s'était arrêté pour la voir à loisir. Elle ne jetta sur lui qu'un coup-d'œil rapide ; mais c'en fut assez pour voir sur les traits de son cher comte un air de tristesse, une apparence de consomption, qui la toucha d'autant plus qu'elle se persuadait aisément qu'elle seule en était et la cause et l'objet.

Cependant Vaudremont, revenu sur ses pas, joignit d'Armagnac, qui toujours fixait attentivement le jeune hermite. Celui-ci, qui avait eu le tems de se remettre un peu de sa première émotion, s'étant apperçu que la blancheur et la délicatesse de ses mains pourraient la trahir, avait détaché ses mitaines de sa ceinture et les avait prises pour continuer son travail. Bientôt d'Armagnac et Vaudremont fûrent auprès d'elle. Tremblante comme une feuille agitée par le vent, elle ne savait plus ce qu'elle faisait ; elle piochait à tort et à travers, et arrachait aussi bien les

bonnes plantes que les mauvaises. Vaudremont, qui s'en apperçut, lui dit :
« Bien mon fils, bien! vous vous formerez enfin. Vous ne vouliez pas compren-
dre que lorsque les bons plants sont trop
près les uns des autres , il faut en arracher quelques-uns , pour que les autres
prennent une plus abondante nourriture. Vous vous formerez, mon ami ,
vous vous formerez; puissé-je vivre assez
long-tems pour vous apprendre l'art de
l'agriculture dont vous aurez ici besoin. » Tel que vous le voyez, ajouta
Vaudremont, en adressant la parole au
comte, il y a seulement huit jours qu'il
est avec moi. Il a pour le travail une ardeur inconcevable. Il était peintre en
paysage. Je le surpris dessinant mon désert; je lui parlai avec amitié ; je lui
vantai les avantages de la solitude; je l'en-
tretins de la méchanceté des hommes;
il répondit avec sagesse et se plaignit de
la perfidie des femmes. Je jugeai qu'il
avait aimé une ingrate. Il entra dans

ma demeure pour prendre des fruits et
du laitage. Il me sembla lui voir une
belle ame, et j'acceptai la proposition
qu'il me fit de s'associer à mes travaux.
Je n'y ai mis qu'une condition, c'est
qu'il serait trois mois sans parler, lors
même que je l'interrogerais, afin de lui
apprendre à souffrir le silence sans peine,
lorsqu'il m'aura vu descendre au tombeau. Voilà cinq jours qu'il n'a point
parlé, et sa modestie est telle que vous
ne le verrez pas jetter une seule fois les
yeux sur vous.

Tel fut le discours de Vaudremont.
Il n'avait point l'air apprêté. Il semblait
être amené par la circonstance. D'Armagnac s'en contenta et consentit à
rentrer dans les cavernes. Il voulut parcourir les grottes, et le vieillard l'ac-
compagna par-tout. L'armure d'Isabelle
était suspendue dans celle où elle couchait. « Qu'est-ceci, s'écria d'Armagnac
avec surprise? Vous êtes étonné, reprit
le vieillard, ne savez-vous pas que lors-

que je quittai l'armée du dauphin, je traversai la France avec mon armure? Arrivé dans ces lieux, je l'appendis à ces voûtes creusées par la nature, pour attester aux hommes après ma mort, que je ne fus pas un être inutile à mes semblables. »

L'obcurité du lieu favorisant le discours du vieillard, d'Armagnac ne vit pas bien distinctement les chiffres de cette armure et passa outre.

Cependant arriva le moment du déjeûné. Le vieillard l'apprêta. Il était composé de fromage de chêvre, de beurre frais, de fruits crus et de fruits desséchés. Vaudremont servit sur la table une corbeille de fruits cueillis la veille par Isabelle. Parmi les fruits était un superbe couteau donné à d'Armagnac par la fille du roi de Sicile, lorsque devenue femme du roi d'Angleterre, elle voulut donner au chevalier qui s'était le plus distingué au tournoi de Nanci, une marque de son gracieux sou-

venir. D'Armagnac, qui avait reçu ce
présent, qui joignait à la perfection du
travail la richesse des pierreries, l'avait
donné à Isabelle. On juge qu'un meuble
de cette nature ne se méconnait pas. Le
comte sauta sur ce couteau avec le transport de l'étonnement et de la joie.

« Vous admirez cet ouvrage, dit le
vieillard. Je fais plus que l'admirer, reprit le comte, je reconnais.—Vous le re-
connaissez? Seriez-vous donc venu dans
ces lieux une autrefois? Ce couteau m'a
été laissé par un des quatre guerriers
qui ont passé ici la nuit il y a environ
quinze mois. Je fus leur offrir l'hospitalité pendant un fort orage ; je les traitai
le moins mal qu'il me fut possible ; et,
par reconnaissance sans doute ou par
oubli, ils laissèrent ce couteau que je
trouvai dans un linge, plusieurs jours
après leur départ.

Cette explication, fort naturelle,
mit au néant toutes les espérances de
d'Armagnac. Il dit au vieillard com-

ment ce couteau lui avait été donné. Il ajouta qu'il en avait fait présent à sa sœur qui l'avait enfermé avec ce qu'elle avait de plus précieux et ne s'en était jamais servie, le regardant comme un souvenir des triomphes de son frère et un gage de son amitié.

Cette conversation amena une explication cordiale de la situation de d'Armagnac ; il raconta ses victoires, ses amours incestueuses et ses malheurs. Il ajouta que ses nouvelles poursuites avaient forcé sa sœur à le fuir, et ne craignit pas d'avouer que les courses, qu'il faisait depuis long-tems, étaient dans l'espérance de découvrir le lieu de sa retraite. Il dit que c'était Isabelle, et non un chevalier d'Armagnac qui l'avait délivré sur les ruines de Numance, et finit par avouer, qu'ayant vu cette armure appendue à la voûte de la grotte, et ayant retrouvé ce couteau dans cette corbeille, il avait eu le soupçon que sa sœur pouvait être cachée dans ces re-

traites, mais que les explications don-
nées à ces rencontres suffisaient pour le
dissuader ; toutefois il ne laissa pas que
de supplier le vieillard de lui dire où
avait passé sa chère Isabelle, s'il le savait ; parce que son dessein, en la cherchant, n'était autre que de prouver à
l'Univers qu'il savait reconnaître la justice des lois, et rendre hommage aux
mœurs de sa patrie.

Quoique ce discours eût l'air d'être
fondé totalement sur la vérité, le vieillard ne laissa point que de persister dans
son ignorance apparente, et promit cependant à d'Armagnac que, si sa sœur
venait le visiter dans ses voyages, comme
cela pourrait être à cause de la liaison
qui existait entre eux, il l'exciterait de
tout son pouvoir à rentrer à la maison
paternelle ; et que, si elle s'y refusait,
il ferait en sorte que ses parens fussent
informés de la route qu'elle se serait
proposé de suivre.

D'Armagnac, rassuré par les paroles

du vieillard, vanta extrêmement la douceur de son sort, et sembla lui laisser entrevoir que, s'il n'était pas obligé de donner une réparation au monde pour le scandale qu'il lui avait causé ; que, si pour cette réparation il ne s'était pas solemnellement engagé à chercher son Isabelle, il s'estimait heureux de partager la solitude du vieillard ; mais celui-ci, approuvant ses projets de recherche, se garda bien de prier d'Armagnac de passer le reste de la journée chez lui. Il évita même toute espèce de familiarité trop grande, qui aurait pu établir entre eux le ton de l'amitié, de peur que d'Armagnac n'en prît occasion de demander à séjourner quelque tems dans cet asyle. Tous ses discours tendaient à lui faire voir combien il approuvait la célérité qu'il avait mise dans ses recherches, et il l'encourageait à poursuivre ce généreux dessein.

CHAPITRE VI.

D'ARMAGNAC, trompé par la simplicité du vieillard, se disposa à partir quelques heures avant le couché du soleil. Pendant tout le tems qu'il fut dans les grottes, Isabelle n'y parut point ; d'Armagnac, soit instinct, soit attraction ou curiosité, vint encore une fois dans le jardin rôder autour du commensal hermite qui, pendant la chaleur du jour, ayant renoncé à ses travaux, s'était allé coucher à l'ombre dans un bosquet planté de lauriers-rose et de jasmins.

Isabelle était trop préoccupée de tout ce qui se passait pour n'avoir pas continuellement l'œil et l'oreille aux aguets. Elle avait donc pu voir venir d'Armagnac avant que celui-ci ne l'apperçût ; et soudain, s'étendant doucement sur

un rocher couvert de mousse, et se cou-
vrant la figure de son capuchon, elle
avait fait semblant de dormir ; mais
cette attitude, qui d'un côté la servait
avantageusement, lui était funeste d'un
autre, parce qu'elle donnait à d'Armagnac la facilité de la regarder tout à son
aise, sans craindre de fatiguer la pudeur
du jeune hermite. Aussi en profita-t-il à
loisir.

Malgré la robe assez grossière qui couvrait Isabelle, il admirait ces belles formes
avec un œil étonné. Cette taille coupée,
ces hanches proéminentes, cette cuisse
forte, cette jambe de cerf, ce pied d'une
Vénus, tout l'étonnait dans ce jeune
homme qu'on lui avait dit être peintre
en paysage. Il aurait voulu l'être lui-
même en ces momens pour dessiner cet
innocent personnage qui lui paraissait
dormir d'un si doux sommeil. Hélas !
que ne soupçonnait-il l'agitation turbu-
lente qu'il causait ! le secret de nos cœurs
est un bienfait de l'Eternel en faveur de

l'innocent. Combien de tyrans, abusant de la connaissance qu'ils obtiendraient, se vengeraient cruellement des justes mépris qu'ils nous inspirent! Le cœur d'Isabelle restait caché à d'Armagnac, qui autrefois savait si bien le deviner. Cependant le guerrier est ému, un certain je ne sais quoi l'attire, le rapproche de cet infortuné ; il pense qu'il peut le réveiller et lui offrir de l'or assez pour rentrer honorablement dans le monde, et y exercer ses talens. Quoiqu'il ait perdu plus que les trois quarts de ses biens, il lui en reste assez pour faire la fortune d'un peintre sans porter atteinte à la sienne ; il s'avance donc, il pousse légèrement du doigt le bras d'Isabelle. Elle se sent trémousser par l'effet d'une puissance délicieuse que depuis si long-tems elle n'a point connue. D'Armagnac s'incline encore et, saisissant la main de celle qu'il adore, il dit : « Aimable jeune homme ! réveillez-vous, écoutez-moi ; je n'ai que des propositions flatteuses à vous faire. Le malheur vous a jeté dans cet asyle ; venez chez moi, tout y abonde ; il n'y manque que la joie ; elle en est bannie seulement par l'absence de ma bien-aimée que vous ne connûtes jamais ; elle y reparaîtra un jour, et alors vous participerez à la commune joie, car elle est tout ce qu'il y a de plus beau, de plus aimant, comme de plus aimé et de plus doux sur la terre. »

A ces mots, l'émotion d'Isabelle fut si forte, que sa main se mit à trembler dans celle de d'Armagnac ; sa poitrine commença à se soulever ; ses pleurs trouvèrent un passage ouvert par la sensibilité. Ne pouvant plus se contenir dans la crise où elle se trouve, elle va éclater et se jeter dans les bras de son frère. L'amour, la nature, la sensibilité, la reconnaissance, tout la transporte à la fois. Elle oublie le rôle d'hermite qu'elle doit jouer ; elle s'oublie elle-même ; elle ne voit que son frère, son bien-aimé dans la nature entière. Dans ce moment, d'Armagnac entend les pas traînans du vieillard ; il s'étonne, il craint de l'avoir offensé ; il se tourne rapidement en laissant tomber cette main qu'il ne croyait pas si chère, et croit lire dans les regards de Vaudremont la colère qu'inspire un abus de confiance. « Ne m'accuse point, ô généreux vieillard ! lui dit-il, d'avoir violé les devoirs de l'hospitalité ; j'avoue que j'aurais voulu, par pitié, t'arracher ce compagnon de tes travaux, et le soutien de ta vieillesse ; mais le sommeil paisible dont il jouit ne lui a pas permis d'entendre mes discours séducteurs. Il te sera fidèle, et je te jure que, dès ce moment, je renonce même au plaisir de le connaître. »

Ces paroles adoucirent la sévérité du vieillard ; il tendit la main à d'Armagnac, et lui dit : « Tu es fait pour le monde, va le rejoindre et tâche d'y vivre heureux ; mais ne trouble point le repos de ceux qui s'en sont volontairement éloignés. Viens, mon fils, viens

partager le repas que mes mains défail-
lantes ont apprêté. »

En disant ces mots, Vaudremont se
dirigeait vers sa grotte. D'Armagnac le
suivait à pas lents , et se retournait à
tous momens pour voir s'il pourrait découvrir le jeune hermite à travers le
feuillage : mais vains efforts , la sensible
Isabelle , au contraire , le voyant à son
aise, jouissait à la fois du plaisir d'observer
un frère si tendrement aimé , et d'admirer son embarras, sa curiosité, ses
regrets qui décelaient un sentiment secret dont il ne savait pas se rendre
compte.

D'Armagnac partagea assez tristement
le dîné de son hôte , mangea peu , ne réfléchit pas davantage parce qu'il ne dé-
mêlait pas les sentimens confus dont il
était agité, et après avoir remercié le
vieillard, de ses soins et des promesses
qu'il lui avait faites, il brida son cheval
et partit plus que jamais incertain de
quel côté il tournerait ses pas.

Dès qu'Isabelle entendit les fers de l'animal, se doutant que ce bruit annonçait le départ de son frère, elle se leva, courut entre les rochers, et fut se poster sur une éminence d'où elle pouvait le voir passer sans être vue, se croyant garantie par le feuillage; mais elle fut trompée dans cette précaution, devenue inutile, par l'avidité des regards de d'Armagnac qui, quittant ces lieux à regret, les fixait dans leurs détails avec la plus scrupuleuse attention. Il ne tarda pas à découvrir le jeune hermite, il s'arrêta pour le regarder, le saluer et lui dire adieu. Isabelle, émue jusqu'aux larmes, lui rendit le salut avec sensibilité. D'Armagnac piqua son cheval de ce côté; Isabelle n'eut pas la pensée de fuir. Etait-elle en ce moment maîtresse de son cœur? mais la nature empêcha ce que la faiblesse humaine allait exécuter. Les rochers entassés, les chênes rabougris et enlacés de ronces, furent un obstacle que le coursier de d'Arma-

gnac n'était pas en état de surmonter,
et ne pouvant approcher davantage, le
comte salua son jeune hermite sans distinguer ses traits, à cause de la distance
des lieux ; et Isabelle, ne pouvant plus
se soutenir, descendant de la roche sur
laquelle elle était montée, s'assit entre
deux rochers où elle versa un torrent de
larmes. Oh ! combien cette visite altéra
le repos de cette aimable guerrière ! les
pas de d'Armagnac semblèrent avoir
empoisonné le sol sur lequel ils s'étaient
empreints. Dès ce moment, ces lieux sau-
vages perdirent ce qu'ils avaient d'innocence et de simplicité, pour ne retra-
cer au souvenir d'Isabelle que l'image de
son cher d'Armagnac. Tous les lieux
qu'il avait visités furent comme sacrés pour elle. Ce terrain qu'elle avait
sarclé devant lui fut planté en arbustes
consacrés à l'amour. Chaque matin elle
porta des fleurs nouvelles dans le cabinet
où il l'avait surprise, et les y déposant
avec tendresse, elle semblait les offrir à

celui qui le lui avait inspiré. Ce couteau qu'il avait reconnu, et que cependant il avait laissé, fut le seul dont à l'avenir elle voulut se servir, et cette roche élevée sur laquelle elle avait reçu son dernier adieu, fut constamment visitée chaque jour, à la même heure, non sans y porter le tribut de larmes que la sensibilité payait à la nature.

Quant à d'Armagnac, il fit quelques courses encore dans les Pyrénées; mais, voyant qu'il avait totalement perdu les traces de son cher don Alonzo, et qu'il était vraisemblable qu'il avait passé en France, il se décida à s'y rendre luimême: mais il crut prudent d'aller avant tout dans sa demeure d'Aragon, soit pour savoir si son frère Charles n'aurait pas fait quelque découverte, soit pour prévenir Lescun de son projet, et lui donner des pouvoirs plus étendus pour gouverner ses états en son absence.

Mais il apprit que Charles, au lieu de chercher Isabelle, était dans l'Estrama-

dure, prêt à entrer en Portugal avec une
armée espagnole. Il ne laissa pas que de
louer l'entreprise de son courage, et ne
comptant plus que sur lui-même pour
ses recherches, il se disposait, malgré
les représentations de Lescun, à partir
incessamment pour la France, lorsqu'il
reçut une dépêche du comte de Foix
qui lui mandait, que le nouveau roi
Louis n'avait fait aucune difficulté de le
rétablir dans la jouissance de toutes ses
propriétés et de tous ses droits.

Cette nouvelle, aussi intéressante
qu'inattendue, releva l'ame du comte.
Ce fut a ors qu'il forma sérieusement
le projet de réparer aux yeux de l'Europe entière le scandale qu'il avait
donné; il projetta sur-tout de s'adon-
ner de nouveau à la gloire des armes,
et de se faire un nom digne de celui de
son aïeul.

Il partit avec Lescun pour la France.
Il visita d'abord ses terres d'Armagnac,
qui étaient encore sous le séquestre. Ce

fut alors qu'il sentit dans toute sa force,
combien la patrie est seule digne de
tous nos souhaits. Il versa des larmes
d'attendrissement, en revoyant les lieux
témoins des jeux de son enfance. Isabelle s'unissait à tous ses souvenirs. Bientôt, se disait-il, elle apprendra par la
renommée les bontés de son roi et la reconnaissance fera voler ici ses pas. Alors,
le monde entier connaîtra la vertueuse
résolution de d'Armagnac.

Le comte fut ensuite à la cour où était
le comte de Foix; il y trouva madame
de Ponthieu devenue madame de Beaudricour. Son époux était favorablement
accueilli de Louis, parce qu'il avait été
persécuté par son père Charles VII.

Louis XI, encore dauphin, avait fait
la guerre à son père. Dès que Louis fut
sur le trône, il chassa tous les membres
de l'ancienne cour, et appella sans dis-
tinction tous ceux qui en avaient été
persécutés. Comme ce rappel n'était pas
un acte de vertu, mais le plaisir d'agir

à contre-pied de son père, d'Armagnac
ne tarda pas à reconnaître que pour
avoir été favorablement traité par le
monarque, ce n'était pas une raison pour
en espérer la faveur. Il vit au contraire
qu'il fallait vivre à la cour politique-
ment plus que jamais ; et Louis XI, lui
dit en lui donnant audience : « Mon
père, vous poursuivit par ingratitude,
moi je vous rappelle par honneur ; mais
songez que si vous y manquez en donnant un nouveau scandale au monde,
ma justice vous poursuivra jusqu'au
tombeau. »

Ce peu de mots rabaissa furieusement
l'orgueil de d'Armagnac. Tandis qu'on
le réintégrait dans ses honneurs et dans
ses biens, on lui faisait de terribles menaces. Il ne parut pas s'en appercevoir,
et répondit au roi : « Je ne serais jamais
rentré dans les Etats de votre majesté,
si je n'avais eu le dessein d'y vivre en
sujet d'un grand roi, qui a pris pour
base de ses pensées comme de ses actions

l'honneur et la piété. Là plus grande
preuve que vous puissiez en donner, reprit le roi, c'est d'accepter la main
d'une princesse digne de vous, la sœur
du comte de Foix. »

D'Armagnac rougit à ces mots, et
dit : « Je me ferai toujours un devoir de
suivre les moindres avis de votre majesté ; » et se retira fort incertain de ce
qu'il lui restait à faire. Son amour, il est
vrai, semblait avoir totalement disparu ; mais il existait des sermens ; mais
un lien solemnel l'unissait à Isabelle ;
mais il fallait au moins son consentement pour le briser. Sa délicatesse exigeait ce préliminaire et ce fut le motif
essentiel des retards qu'il apporta aux
projets de son roi et de son ami.

D'un autre côté madame de Ponthieu
(c'est ainsi que nous continuerons de la
nommer malgré son nouveau mariage)
cherchait à renouer ses intrigues avec
d'Armagnac : persuadée que ce qui l'a-
vait empêchée de réussir dans le tems

était la présence d'Isabelle, elle espéra
que maintenant que cette femme chérie
était en fuite, il lui deviendrait facile de
s'emparer du cœur et de l'esprit du
comte, qu'elle connaissait d'ailleurs
d'un caractère à se laisser entraîner. Or
en amour et en ambition plus qu'en toute
autre chose, on se persuade aisément la
possibilité de ce que l'on desire. Mais
madame de Ponthieu ignorait la puissance du filtre, et celle-là détruisait
toute la sienne ; puisqu'en supposant
qu'elle eût pu en avoir, ce n'aurait été
que sur les sens et non sur le cœur,
n'étant pas en état d'inspirer de l'estime.
N'importe : comme on se juge toujours
mal soi-même, madame de Ponthieu
ne s'en passionna pas moins pour la gloire
d'asservir le comte d'Armagnac.

D'un autre côté le comte de Foix
pressait son ami pour donner son consentement à son mariage avec sa sœur.
D'Armagnac y aurait volontiers consenti;
mais il aurait desiré, comme je l'ai déjà

dit, l'assentiment d'Isabelle. Or, il était
facile de prouver qu'Isabelle, non-seulement le donnerait comme elle l'a-
vait déjà fait en Aragon, mais même
qu'elle soupirait secrètement après le
jour où il serait terminé, puisqu'elle
n'avait quitté la maison paternelle que
pour laisser plus de liberté à son frère
d'épouser la sœur du comte de Foix.
On prouva que le seul moyen de rappeler Isabelle auprès de lui, était de lui apprendre par la renommée que le mariage
était consommé.

C'est ainsi que d'Armagnac se laissa
persuader. Il engagea sa foi que, sous
trois mois, si Isabelle n'avait pas paru,
il épouserait la belle Marguerite de Foix.

Ces trois mois furent employés à des
préparatifs et à de nouvelles recherches
sur Isabelle. D'Armagnac envoya un exprès en Portugal pour prévenir son frère
des bontés que Louis voulait bien avoir
pour leur famille et de la promesse de mariage qu'il avait solemnellement donnée.

Charles répondit qu'il était garant pour tous, sans en excepter Isabelle, que ce mariage mettait le comble aux vœux de la famille.

Ce grand jour donc ayant été fixé, le comte accomplit la promesse qu'il avait donnée, et le mariage fut célébré avec solemnité en présence de toute la cour sans en excepter le roi et sa famille. La noce et les jeux furent d'une magnificence royale ; Charles y montra un esprit d'ordre, un ton de décence, un cérémonial recherché qu'on ne lui aurait pas soupçonné. Il fit voir que dans les grandes occasions, quand ces bagatelles devenaient nécessaires, il savait s'en occuper avantageusement comme un autre.

Tout se passa à merveille jusqu'au moment du coucher. Le comte de Foix avait oublié la recommandation que lui avait fait Caracciachelli de l'envoyer chercher quand il s'agirait du mariage de son ami avec la belle Marguerite. Il était loin de penser que le retour du

comte à la raison ne fût dû qu'aux pres-
tiges d'un bohémien. S'il avait pu penser
que du génie d'un tel homme dût néces-
sairement dépendre le bonheur de sa
sœur, il n'aurait pas fait tant d'efforts
pour la donner à son ami ; cependant il
resta bientôt démontré que la présence
de cet homme était plus nécessaire qu'on
ne se l'était imaginé. Car lorsque le
comte fut au lit, il fut froid comme
marbre auprès de la princesse. Vainement il épuisa tous les moyens pour en
venir à son honneur, il fallut se lever du
lit nuptial tel qu'on y était entré.

Marguerite était assez jeune pour affecter l'innocence et paraître n'être pas
affligée de l'affront qu'elle venait de recevoir.

Mais si Marguerite ne fit rien paraître,
il n'en fut pas de même du comte. Il
aurait été vaincu, terrassé même dans
un tournoi par le plus faible adversaire,
qu'il n'aurait pas eu une semblable confusion. Quoi! une princesse de la plus

grande beauté, qui, par ses mœurs, ses talens, son esprit, était faite pour inspirer de l'amour aux plus grands rois, était mise dans son lit, et d'Armagnac, le terrible d'Armagnac n'était plus homme! Il passa une journée dans la méditation la plus sombre qui avait quelque chose même de farouche et qui fit craindre au comte de Foix que d'Armagnac n'eût pas trouvé dans sa sœur cette fleur si délicate que le moindre contact fait épanouir et flétrit.

D'Armagnac vit arriver la nuit avec la plus vive impatience. Il avait admiré pendant le jour les attraits de la belle Marguerite; il n'imaginait pas que, les ayant encore une fois à sa disposition, il pût y être insensible; mais vaine espérance. Cette seconde nuit fut un éternel supplice comme la première, et d'Armagnac se leva plus honteusement, plus chagrin, plus dépité que la veille.

Il avait ouï dire qu'il était un moyen de nouer l'aiguillette. Il n'y avait pas cru. Combien de choses qu'il faut avoir éprouvées pour y ajouter foi ? Il se souvint que le prêtre qui l'avait marié, en faisant ses prières avait défendu à tout magicien, sorcier ou autres gens de cette espèce d'empêcher par ses maléfices que le mariage ne fût consommé. Il s'était moqué de cette défense et il aurait défié l'univers à l'aspect de tant de charmes de l'empêcher d'emporter cette place dès le premier assaut. Mais pour cette fois il commença à se douter que la chose fût possible et se décidant à passer chez le prêtre qui l'avait marié, il lui demanda s'il était en sa puissance de le guérir du mal accidentel qui l'obsédait. Le prêtre l'assura, qu'il était, en cas semblable, des exorcismes dont on se servoit utilement, et s'offrit à lui rendre tous les services qui seraient en son pouvoir.

D'Armagnac était trop sérieusement affecté pour ne pas accepter ses offres de services ; et s'étant rendu dans un oratoire particulier, on fit là maintes espié-

gleries qu'il est inutile de rapporter.
Ceux qui seront curieux de les savoir
pourront consulter les liturgies du tems.

Cette cérémonie un peu gaillarde
étant achevée, l'on assura d'Armagnac
qu'il était absolument guéri. Quelle annonce pour un tel malade! il était impatient d'en obtenir la certitude. Il allait
se retirer chez lui et tâcher de se procurer un moment de tête-à-tête avec son
épouse, lorsqu'il rencontra Beaudricour
qui l'engagea à entrer chez lui. D'Armagnac y consentit; mais à peine étoit-il
dans la maison, qu'on vint dire à Beaudricour qu'il était demandé par un prince
étranger qui était logé à l'hôtel de Bourgogne et qui avait à l'entretenir sur-le-
champ.

Beaudricour se pressa de céder à la
curiosité en se rendant auprès du prince,
et laissa d'Armagnac seul avec sa femme, en s'excusant de son mieux, sur la
nécessité de le quitter.

D'Armagnac, qui était impatient de

connaître jusques à quel point on avait
opéré sa guérison, vit l'occasion des
plus favorables, et devenant pour la
première fois un peu pressant auprès de
madame de Ponthieu, qui n'était pas
très-novice dans ces genres de brusque-
ries, ne résista qu'autant qu'il le fallait
pour donner quelque prix à son sacrifice, mais que devint-elle lorsque, li-
vrée sans défense à son vainqueur, elle
reconnut qu'il était hors d'état de pro-
fiter de la victoire? Elle se releva comme
une furie, et disant à d'Armagnac qu'il
n'était sans doute venu chez elle que
pour l'insulter, elle jura de se venger
d'un si mortel affront.

Mais un autre accident s'était mêlé
à ce premier. Beaudricour, ayant fait
réflexion, chemin faisant, qu'il n'était
pas trop de sa fierté de se rendre à
l'hôtel de Bourgogne, sur la demande
d'un étranger, crut devoir revenir sur
ses pas.

Comme il remontait tout pensif et à

pas lents à l'appartement de sa femme,
il crut entendre des chuchottemens et
et quelque bruit. Il prêta l'oreille; il
posta son œil au trou de la serrure, et
vit très-distinctement, et l'impuissante
manœuvre du comte et la fureur déli-
rante de sa chère moitié.

Que faire en pareil cas? L'honneur
le disait; la crainte le désapprouvait. Cet
affront, qu'il ne sentait pas moins vivement que son épouse, lui parut être un
faux retour de noces, et il en conclut
que, ce défaut de virilité ne disait pas
que le bras du comte fut sans valeur;
rassuré donc pour le moment, sur les
suites de cette affaire entre d'Armagnac
et son épouse, il se retira jusqu'au bas
de l'escalier d'où il remonta en faisant
du bruit et en appellant ses gens, afin
que chacun eût le loisir de se remettre.

En effet, lorsqu'il rentra, tout était
dans l'ordre, et tous trois parurent assez
calmes, quoiqu'il eût été difficile de
trouver trois personnages plus diverse-

ment agités. D'Armagnac fut le premier, qui cédant à la douleur de sa situation, chercha à se soulager par une
prompte fuite; et à peine fut il sorti
que Beaudricour , apostrophant sa
femme, l'accusa du crime le plus affreux dans l'esprit d'un époux. Elle
voulut se défendre et nier; mais on avait
tout vu, tout entendu. On ne fit point
grâce à l'accusée du plus petit détail, dé
la plus minutieuse circonstance et l'on
jura de s'en venger.

Les maris d'alors, quoiqu'aussi bien
accoutumés que ceux de notre âge à
voir ces accidens, étaient d'un despo-
tisme barbare; et souvent on les vit
donner la mort à leur épouse parce
quelles avaient osé faire une entreprise
en faveur de la vie. Beaudricour était
assez lâche pour être barbare et pour
exécuter une telle entreprise.

CHAPITRE VII.

Cependant d'Armagnac se retira chez le comte de Foix, son beau-frère, et ne lui laissa pas ignorer la nature de ses chagrins. Le comte parut d'abord fort étonné, mais bientôt il se souvint de ce que lui avait recommandé le fameux Caracciachelli. Il n'osa le dire à son ami, de peur qu'effrayé de son état, il ne l'accusât d'imprudence et même en quelque sorte de trahison ; il lui confia seulement qu'il avait ouï dire par le Bohémien, qu'il avait un remède souverain pour ces sortes d'accidens. C'est ainsi qu'un criminel se sauve souvent en s'associant d'illustres complices.

Le comte de Foix fit aussitôt part à Charles de l'accident arrivé à son frère, et il fut entre eux réglé qu'on préviendrait, dès le jour même, l'intéressante

Marguerite; qu'on l'instruirait en détail
sur les affaires de cette nature, que vraisemblablement elle ignorait; et qu'on la
prierait, au lieu de s'affliger, comme il
semblait qu'elle commençait à le faire,
de devenir la consolatrice de son époux,
et de l'engager à supporter paisiblement
son malheur jusqu'à sa prochaine guérison.

Marguerite, ayant été mise dans le
secret, fut en partie consolée; parce
qu'elle avait craint que ce terrible accident ne fût la suite d'une impuissance
naturelle qui n'aurait plus laissé d'espoir. Et certes! dans tous les tems ce fut
une condition plus essentielle au mariage que la signature du contrat. Il faut
que la plume conjugale paraphe le contrat ou rien de fait.

Quand vint le moment du couché,
d'Armagnac n'était pas tout-à-fait sans
espoir. Il avait parlé à son prêtre, qui
s'étant fâché beaucoup de l'essai criminel qu'il avait fait, avait recommencé

ses cérémonies, et lui ayant assuré que
si elles n'avaient point opéré la première
fois, c'était une punition du ciel, il lui
avait fait espérer un succès plus heureux
lorsqu'il serait auprès de sa légitime
épouse.

Il fut donc se mettre encore une fois
au lit, chose qu'il n'aurait pas faite as-
surément s'il avait été certain d'un nouvel affront; mais, ô douleur! Quand il
fut auprès de cet ange de beauté, il s'y
trouva tout aussi impassible, tout aussi
imperturbable que la veille.

Je ne dirai point ses tentatives et sa
honte; il me suffira d'apprendre au lecteur que Marguerite, prenant la parole,
parla ainsi à son époux : « Mon ami,
mon doux ami ! ne vous affligez pas, et
sachez conformer votre esprit au mien,
qui voit sans douleur, et sur-tout sans
opprobre, ce qui est décidé par la volonté du seigneur. Les deux premiers
jours que nous avons passés ensemble,
je vous l'avoue, j'ai été assez innocente

pour croire que c'était à ce qui s'était passé, que devaient se terminer les devoirs du mariage. (Oh! le bon tems où les demoiselles de dix-huit ans avaient une telle ignorance en partage!) mais j'ai été informée de tout; et je vous prie, ô mon époux et mon maître! de ne pas vous affliger plus que je ne m'afflige moi-même. Aimons nous; sans nous tourmenter en aucun point, jusqu'à ce que la guérison d'une maladie si rare soit arrivée. Reprenez votre joie accoutumée et je prendrai la mienne. Ne laissons ni l'un ni l'autre planer aucun soupçon de mutuel mécontentement. Eh! pourquoi auriez vous à vous plaindre de moi qui vous chéris de toute mon ame? Et moi pourquoi me plaindrais-je de vous, lorsque vous êtes si peu cause d'un accident auquel vous n'étiez pas accoutumé? Dormez donc, et ne cherchez pas sans repos ce que vous ne sauriez trouver. »

Ce discours avait en lui-même quel-

que chose d'humiliant, mais il fut suivi
de caresses si tendres, d'empressemens
si peu équivoques, que d'Armagnac
éprouva un sentiment d'amitié sincère,
pour cette jeune beauté qu'il avait épou-
sée avec un fond d'insouciance et d'in-
sensibilité bien propre à justifier son malheur.

Rassuré par sa digne épouse, le pauvre
d'Armagnac prit un peu moins péniblement son parti. Il chercha le sommeil,
mais il ne fit que s'agiter toute la nuit,
et sa jolie Marguerite, de même. Dès
l'aube du jour il fut sur pied, et ce fut
seulement alors qu'elle trouva le repos;
elle dormit jusqu'à midi. Les gens de la
maison, et les amis de d'Armagnac,
voyant la belle Marguerite dormir jusqu'à l'heure du dîné, ne doutèrent pas
que ce ne fût lassitude, insomnie; on en
fit des plaisanteries à d'Armagnac; on
lui connaissait assez de vaillance pour
se distinguer à ce point. Chaque com-
pliment était une épigramme; il en

devint si sombre , que Marguerite se crut obligée de se renfermer avec lui dans un appartement pour chercher à le consoler.

Rien n'est plus fait pour fixer notre attachement, que de recevoir des consolations d'un être faible qui est la victime de nos torts. Aussi ce nouveau trait acheva - t-il de pénétrer d'Armagnac d'une reconnaissance bien méritée. Il tomba aux genoux de Marguerite, et il lui jura non un amour éternel, il n'osait prononcer un nom dont il était indigne, mais un attachement sans bornes , une soumission sans réserve, une estime qui ne finirait qu'avec sa vie.

Cependant Marguerite n'était pas au bout des consolations qu'elle avait besoin de donner , mais plus encore de celles dont elle devait avoir besoin pour elle-même. Les femmes , entr'elles , aiment à interroger les jeunes épouses qui ont passé par les épreuves de l'hymenée. Marguerite essuya bien des questions et y répondit assez mal pour faire naître des soupçons. Dès ce moment, chaque femme de la cour voulut s'assurer par elle-même des conjectures qu'elle serait en droit de former. Madame de Ponthieu ne fut pas la moins prompte à prendre l'éveil ; elle y était intéressée. L'affront qu'elle avait reçu était d'une nature à mériter des recherches ; elle s'insinua donc auprès de Marguerite, elle lui parla avec tant de bonté, elle lui inspira une telle confiance, que la jeune personne, n'ayant plus rien à cacher à quelqu'un qui était l'amie de la maison, avoua l'état de faiblesse où était son mari. Cet aveu réconcilia Marguerite dans le cœur de madame de Ponthieu qui avait attribué à ses charmes l'affront qu'elle avait reçu ; mais sa colère fut toujours la même envers d'Armagnac. Aussitôt, appercevant l'endroit le plus vulnérable où il fallait frapper, elle ne différa pas plus long-tems sa vengeance, et cherchant à éveiller dans le cœur de Marguerite l'amour-propre que l'amour semblait comprimer, elle lui apprit qu'une femme ne pouvait pas recevoir un plus cruel affront ; elle lui dit que d'Armagnac avait été un vaillant chevalier sur ce point, et que s'il avait maintenant une telle froideur, c'était parce que Isabelle était encore tout pour lui, parce que cet homme perfide, l'ayant trompée en lui jurant amour et fidélité, ne s'occupait encore que d'Isabelle, qui devait être cachée dans Paris, afin d'éviter la colère et le ressentiment du roi, qu'ils avaient l'un et l'autre tant d'intérêt à ménager ; elle ne craignit pas même d'assurer que, si d'Armagnac avait acquiescé à son mariage avec la belle Marguerite, c'était pour abuser le roi sur son prétendu changement de conduite, et pour obtenir plus aisément de la part de ce monarque la restitution de ses biens, et son rétablissement dans tous ses honneurs. Madame de Ponthieu enfin fit voir à Marguerite qu'elle avait été prise pour dupe, qu'elle n'était qu'une espèce de prête nom, qu'Isabelle était toujours l'épouse véritable, et que d'Armagnac s'était engagé par sermens auprès de sa sœur en épousant Marguerite, à ne la traiter jamais comme son épouse.

Tout cœur aimant est susceptible de jalousie. Madame de Ponthieu était d'autant plus propre à troubler l'esprit de Marguerite, qu'elle s'était elle-même persuadée ce qu'elle avait imaginé sur les intelligences secrètes entre Isabelle et d'Armagnac.

Elle ne pouvait croire qu'il existât assez de vertus dans le cœur d'une femme pour fuir sincèrement un objet aimé, et dont elle était adorée. Il était bien plus à la portée de son ame, de penser que la conduite de ces amans incestueux était un mystère d'iniquité dont ils avaient voulu s'envelopper pour tromper la vigilante politique du roi, que de leur supposer tant de vertus.

Madame de Ponthieu, ayant ainsi triomphé de la crédulité de Marguerite, lui proposa de faire surveiller, de concert avec elle, les démarches de son époux. Cette pratique tortueuse parut peu digne d'abord de fixer l'attention de Marguerite : mais madame de Ponthieu leva les difficultés, et parvint à lui persuader qu'il fallait prendre tous les moyens possibles pour savoir où logeait Isabelle.

Aussitôt d'Armagnac fut entouré d'espions ; ils ne découvrirent rien les premiers jours ; mais bientôt l'un d'eux vint avertir madame de Ponthieu, qu'il avait vu M. d'Armagnac entrer, à la dérobée, dans une petite maison rue des Poulies.

Aussitôt madame de Ponthieu mit de nouveaux espions en course pour savoir dans quel appartement de cette maison d'Armagnac était entré, et quelles personnes y logeaient. On ne tarda pas à venir lui apprendre que cet appartement était occupé par une vieille dame,

et par une jeune et belle demoiselle,
qu'elle disait être sa fille.

Marguerite et madame de Ponthieu
firent des commentaires sur ces instruc-
tions ; et il fut statué que la rue, étant
fort étroite, on obtiendrait, à tout prix,
la permission des gens qui habitaient en
face, et au même étage, de venir y
passer quelques heures, afin de voir ce
qui se tramait dans la maison vis-à-vis.

Ce point obtenu, il ne s'agissait plus
que de savoir le moment où d'Armagnac
irait dans cette maison, et l'espion
aposté étant venu avertir, on vola aussitôt dans la maison voisine, d'où madame de Ponthieu et Marguerite virent
assez distinctement d'Armagnac dans
l'appartement. Il causait avec assez d'ac-
tion avec la jeune et grande demoiselle
dont nous avons parlé. Les vitres alors
étaient petites, faites en croisillons, et
les verres étaient soutenus entre eux par
des filières de plomb, ce qui empêchait
de voir aussi bien d'Armagnac et la

jeune demoiselle, qu'on le ferait de nos jours.

La jalousie et la prévention font voir les objets différemment que les autres passions ; la peur nous fait prendre dans une grande route, une borne ou un tronc d'arbre pour un voleur, mais la jalousie en fait bien pis. On ne doit donc pas être étonné que ces deux dames, prévenues et jalouses, ne se persuadassent avoir vu Isabelle. Aussitôt Marguerite, ne pouvant plus se supporter dans cette maison, témoin de sa conviction et de sa honte, entraîna madame de Ponthieu sur ses pas. Elles se retirèrent, l'une navrée de douleur, l'autre outrée de courroux.

Arrivées à l'hôtel, elles concertèrent leur vengeance. Donner de l'éclat à cette affaire c'était tout brouiller, tout perdre, tout confondre : il valait bien mieux trouver un moyen secret de faire saisir Isabelle, de la faire enlever et renfermer par un ordre du roi.

Ayant donc préparé leurs batteries d'après leur politique et leurs intérêts, il fut réglé qu'on ferait une dénonciation contre deux femmes habitantes de telle maison à tel étage, comme auteur de sortilèges et comme menant un mauvaise vie.

Cette dénonciation ayant été faite par madame de Ponthieu et sa jeune amie et, ayant été appuyée par quelques personnages complaisans de leur société, fut portée au roi qui donna des ordres sur-le-champ afin que ces deux femmes fussent enlevées et renfermées pour le reste de leurs jours. Louis onze n'y regardoit pas de si près.

Or, veut-on savoir quelles étaient ces deux femmes ? c'était deux pauvres bannies de Bourgogne par le duc qui, ayant soupçonné l'époux de la mère de la jeune personne d'être secrètement partisan du roi de France, avait fait périr le premier, avait confisqué ses terres, et avait banni sa veuve et sa fille de ses états.

Ces deux infortunées , après avoir épuisé les petits moyens que leur avaient fournis les débris de leur fortune, n'ayant rien pour subsister, s'étaient adonnées à l'art de la nécromancie , dont autrefois, dans leur prospérité, elles avaient été les dupes.

Le comte d'Armagnac ayant su le métier de ces étrangères, et Caracciachelli n'arrivant pas assez promptement d'après ses pressans besoins , s'était décidé d'autant plus volontiers à les aller consulter, que sa chère Marguerite ne le traitait plus avec la même amitié. Il avait remarqué en elle une froideur qui l'avait alarmé. Il craignait à tout instant que , révélant la faiblesse de son époux , elle ne le déshonorât publiquement. Quelques propos qu'il avait entendus et que son esprit était prompt à saisir, lui avaient fait redouter que son secret ne fût bientôt éventé. Il lui importait donc infiniment de terminer son supplice et d'arrêter les justes plaintes de sa malheureuse épouse.

Entraîné par ces considérations, il s'était rendu chez ces nécromanciennes. Il entrait dans leur maison à la dérobée. Il lui semblait que tout le monde lisait sur son front la honte qu'y imprimait sa faiblesse, et que toutes ses démarches devaient être interprétées dans le sens qu'il y donnait lui-même.

Quant à Marguerite , quoiqu'elle n'en fût pas mieux traitée après l'emprisonnement de la prétendue Isabelle, elle n'en resta pas moins convaincue qu'elle avait frappé sa rivale, parce que la tristesse de d'Armagnac lui sembla propre à la persuader. Eh ! comment cet époux infortuné n'aurait-il pas été sensible à cet emprisonnement ! Ces dames, moyennant une somme qu'il devait donner, l'avaient assuré qu'il serait radicalement guéri dans trois jours. Encouragé par cette espérance, il traînait péniblement sa misère et sa honte secrète en attendant le retour du célèbre Caracciachelli, sur lequel à peine il osait compter.

Mais ce ne fut point là le seul sujet de ses peines ; non-seulement le ressentiment, le mépris et même la haine de son épouse allaient toujours croissant, mais encore il fallut apprendre que l'on débitait dans le monde que, non-seulement il n'avait pas renoncé à Isabelle, mais que ne rendant point à sa jeune épouse le devoir conjugal, il entretenait un commerce secret avec sa sœur qui vivait cachée dans Paris.

Cette accusation fut d'autant plus sensible au cœur de d'Armagnac, qu'elle réveilla tous ses remords sur les reproches qu'il avait à se faire à l'égard de cette aimable sœur. Il sentit combien il l'avait rendu malheureuse en la forçant à l'expatriation ; et combien il avait ajouté à son infortune par sa propre infidélité, qui la rendait actuellement victime de la plus odieuse calomnie.

Ces propos, outrageans pour la pauvre Isabelle, qui avait donné l'exemple d'un grand sacrifice dirigé par une austère vertu, fixèrent plus que jamais tous les souvenirs de d'Armagnac. Il se disait : je mérite mon sort, je l'ai abandonnée. J'ai voulu l'oublier lorsque je ne devais que respecter sa vertu. Je l'ai forcée à fuir par mes criminelles entreprises, lorsqu'il fallait la garder auprès de moi pour m'apprendre mes devoirs et me fournir les moyens de les respecter. O Isabelle ! chère Isabelle ! tu fus seule véritablement mon amie et je t'ai persécutée ! tu voulais véritablement mon bonheur, et j'ai élevé par ma passion une barrière éternelle entre nous !

Telles étaient les réflexions de d'Armagnac. Il les concentrait en lui-même et promenait ses tristes pensées dans le silence. Le roi ne tarda point à donner plus d'éclat à ses douleurs.

Les deux prétendues nécromanciennes ayant disparu, furent regrettées de plus d'une personne à la cour. Ce n'est pas chez les grands que la superstition règne avec moins d'empire. Ces deux femmes eurent une foule de soutiens et de défenseurs.

Dans ce même tems le roi ayant appris la cause des divisions de Marguerite et de son époux, envoya chercher ce dernier et lui fit, en présence de quelques princes et seigneurs de sa cour, une semonce vive à laquelle d'Armagnac fut d'autant plus sensible que sa fierté, appuyée de l'innocence, ne lui permettait pas de la supporter sans réplique. Il répondit donc au monarque que lorsqu'il avait cru pouvoir vivre avec sa sœur il l'avait fait publiquement; que lorsqu'il y avait soupçonné du crime il s'en était séparé de même, et qu'en cela il n'avait point écouté l'ordre de son roi, mais celui de sa conscience. Si elle ne m'eût point parlé, ajouta-t-il, vainement tous les monarques de la terre se seraient réunis pour me forcer à quitter mon épouse; ils auraient pu l'arracher de mes bras, mais ils n'auraient jamais obtenu mon consentement. Ne croyez donc pas,

sire, que, si j'ai quitté Isabelle, ce soit
pour vous faire ma cour et rentrer dans
mes biens et mes honneurs en Armagnac.
C'est assez vous dire qu'Isabelle n'est
point à Paris; ou que si je l'y savais, et si
je voulais la voir, je m'inquièterais peu
que vous et l'univers l'eussiez appris. Je
dis donc solemnellement en votre présence, que j'ignore en quel climat res-
pire Isabelle, que je ne sais pas même si
elle n'a pas succombé à la douleur, et
j'ajoute que tout homme assez audacieux pour dire le contraire, a menti ».

CHAPITRE VIII.

Ce propos était trop hardi pour être adressé par un sujet à son roi. Tout autre que Louis XI s'en serait déclaré offensé. Louis, dont la vertu principale était la dissimulation, parut se contenter de la dénégation du comte ; mais en même tems, il ne cessa dès ce jour de le traiter avec une sorte de mépris bien accablant pour un homme de cour. D'Armagnac, ne pouvant supporter des manières hautaines, qu'il sentait n'avoir pas méritées, s'éloigna de la cour, et laissa le champ libre à ses ennemis pour l'accuser.

Beaudricour se réunit à la masse des courtisans ; il avait des vengeances particulières à exercer ; il était étonné de voir son épouse tout aussi acharnée que lui à sa perte. Elle excusait sa haine auprès de son époux, par l'entreprise audacieuse que d'Armagnac avait faite sur elle, et qu'il avait si mal interprétée. Beaudricour aimait mieux croire à cette déclaration, qui s'accommodait si bien avec sa haine, que de persister dans une opinion qui, l'éloignant de son épouse, l'empêchait de marcher d'accord avec elle pour se venger de leur ennemi commun.

Ce fut dans ce tems que se forma la ligue des princes *pour le bien public.* D'Armagnac fut accusé, par ses ennemis, d'y avoir participé. Le roi le crut, et jura de s'en venger.

Cependant Caracciachelli fut ramené par un des agens du comte de Foix. Ce prince l'interrogea aussitôt sur la situation de d'Armagnac, et cet homme lui répondit :

« Ne vous avais-je pas recommandé, monseigneur, de me faire avertir lorsque monseigneur d'Armagnac voudrait contracter mariage ? Pouvais-je changer le cœur du comte autrement, qu'en

éteignant dans ses veines les feux de
Vénus? Ne sentez-vous pas que, volant
à un nouveau mariage, il fallait les rallumer? eh bien! c'est ce que nous allons
faire. Décidez seulement votre sœur à
venir partager le lit de son époux la nuit
prochaine, et je vous réponds que les
choses se passeront à la satisfaction des
deux parties. »

La demande de Caracciachelli paraissait au comte de Foix d'une nature difficile à obtenir. Sa sœur, depuis quelque
tems, semblait avoir conçu une grande
haine contre son époux. Mais il ignorait
que rien n'est plus voisin d'un violent
amour, que ces haines simulées qui ne
sont que l'amour en courroux. Marguerite ne lui avait pas confié ses soupçons contre la prétendue Isabelle, ni ce
qu'elle avait fait contre cette infortunée.
Il croyait donc que l'éloignement de sa
sœur était une répugnance, une séparation de cœur forcée, et non pas un
ressentiment.

Cependant il fut lui parler, et lui dit
que l'incommodité de son époux tenait
à un filtre qui lui avait été donné; que
celui, qui en avait été l'auteur, promet-
tait de le guérir aussitôt par un filtre
contraire, et qu'il la suppliait en grace
de vouloir bien coucher cette nuit là
avec son époux, pour s'assurer de l'effi-
cacité du remède.

Marguerite aimait son époux, toute
sa colère était dans sa jalousie. Proposer
de la dissuader, c'était lui rendre à la
fois l'honneur et la vie. Pouvait-elle re-
fuser la tentative qui lui était offerte ?
Elle parut réfléchir un moment et finit
par accepter la proposition, à la grande
satisfaction du comte de Foix, qui fit
voir par ses frayeurs en ce moment,
qu'il connaissait bien peu le cœur de
la femme, et en particulier celui de sa
sœur.

Après le soupé, Caracciachelli porta
le breuvage à d'Armagnac. Celui-ci
hésita à l'avaler. Il n'avait pas laissé que

de so upçonner que cet homme n'eût contribué, par le premier qu'il lui avait offert, à l'accident qui lui avait été si long-tems funeste. Cependant comme le pis aller pour lui était de rester ce qu'il était, il se décida à prendre le filtre, et demi-heure après il fut se metre au lit, bien chaudement auprès de sa femme, car c'était en hiver : le froid était rigoureux; et chacun sait comment alors on se rapproche avec un nouvel intérêt. Il est vrai que d'Armagnac n'eut pas besoin de ce motif pour s'empresser auprès de Marguerite. Une fournaise embrâsée n'a pas plus de feux que n'en renfermait le sein de d'Armagnac. Tout ce qu'il avait eu de sagesse depuis le breuvage se tourna en fermentations amoureuses.. Les éruptions de l'Etna ne sont pas plus impétueuses. Marguerite se crut transportée dans un monde nouveau; elle se crut ravie au troisième ciel ! Dans les transports de son délire elle avoua sa liaison

avec madame de Ponthieu, ses persé-
cutions contre la prétendue Isabelle,
et tous les bruits qu'elles avaient fait
répandre à ce sujet. Elle promit, elle
jura de tout oublier et de tout réparer ;
son cœur se métamorphosa au point de
plaindre Isabelle. Elle ne concevait pas
comment elle avait eu assez de vertu pour
s'éloigner d'un tel héros. Toute cette nuit
s'éclipsa comme un songe. Le jour parut
qu'elle croyait être à peine à minuit.

Le comte de Foix, qui brûlait d'impatience de savoir ce qui s'était passé,
accourut dès l'aurore, et, lorsqu'il la
vit briller sur les traits rians de sa sœur,
il ne douta point que le maléfice n'eût
été totalement dissipé. Il en fit compli-
ment à son ami qui le remercia bien
sincèrement de ce qu'il avait fait pour
son bonheur, et s'étant levé presque
aussitôt avec son épouse, la joie, la
bruyante joie régna dans tout l'hôtel,
où fut célébrée avec magnificence la ré-
conciliation des époux.

Quant à Caracciachelli, il aurait mé-
rité un fagot de bâtons plutôt qu'un lin-
got d'or; mais on le congédia, en le
payant assez généreusement. Marguerite elle-même, ne fut pas la dernière à
s'acquitter envers cet homme et par
crainte, ont dit les historiens, plutôt
que par reconnaissance. Il n'y eut pas
jusqu'à madame de Ponthieu, qui ne
lui fit secrètement son présent. Le service que cet homme venait de rendre à
d'Armagnac, effaçait l'affront qu'elle en
avait reçu et lui faisait espérer mieux
pour l'avenir.

Je ne m'arrêterai pas à peindre le
bonheur de cette famille et la joie des
deux étrangères, qui furent mises en liberté, après avoir été une preuve qu'il
est facile de faire opprimer un infortuné par un tyran, mais bien difficile
de lui rendre le calme et la liberté. Elles
éprouvèrent cependant la vérité de cet
adage. A quelque chose malheur est bon.
Car, Marguerite et d'Armagnac répan-

dirent sur elles assez de bienfaits pour les sauver du besoin et les faire vivre honnêtement sans travail.

Mais voilà bien long-tems que nous nous occupons du comte d'Armagnac et de ceux qui se font un devoir de contribuer à son bonheur, et nous abandonnons la pauvre Isabelle, qui, tandis que son frère est au sein des voluptés, languit tristement avec un vieillard dans son hermitage.

Nous l'avons laissée s'occupant des souvenirs que son frère avait répandus autour d'elle et nous allons la voir remplissant les devoirs les plus sacrés avec un courage au-dessus de l'humanité.

Vaudremont avait déjà quatre-vingt-quatre ans. L'hiver, s'étant approché, avait jeté sur la poitrine du vieillard un rhume qu'il n'avait plus la force d'expectorer; ce qui produisait une irritation vive et presque continuelle qui dura jusqu'au printems. Toutes les nuits le vieillard toussait sans relâche : Isabelle,

qui l'entendait de la grotte, se levait fréquemment pour aller lui donner à boire,
et, dans ce travail continuel et terrible,
elle n'éprouvait d'autre peine que celle
des reproches du malade qui se plaignait
de ce qu'elle s'occupait trop de lui et ne
prenait aucun repos. Le bon homme
s'efforçait pour se retenir. Chaque accès
de toux était un supplice pour son cœur,
comme il en était un pour celui d'Isabelle.

Vaudremont ne fermait pas l'œil, Isabelle ne dormait pas davantage; mais le
vieillard avait une fièvre lente jointe à
sa toux, qui minait chaque jour ses forces
et menaçait de le conduire au tombeau.
Isabelle le craignait et n'osait pas le dire
au vieillard de peur de l'effrayer ; le
vieillard le sentait et n'en disait rien à
Isabelle, de peur de l'épouvanter et de
blesser en même tems la sensibilité de
son cœur.

Cependant Isabelle, voyant les dangers
s'accroître, proposa d'aller chercher un
médecin à la ville voisine. « Je le puis

aisément, lui dit-elle; je prendrai mon armure, je monterai sur mon cheval et dans le même jour je serai de retour auprès de vous. Je ne veux point de médecin, répondait le vieillard, je ne ferai rien pour abréger mes jours, mais je n'entreprendrai rien d'extraordinaire pour les conserver. Un seul objet m'afflige, si je dois mourir de cette maladie, c'est que vous serez seule ici pour recueillir mon dernier soupir. Sensible comme je vous connois, que ferez-vous seule dans ces cavernes avec le cadavre d'un vieillard ? Je voudrais donc que vous me quittassiez pour un tems; ou je reviendrai de cette maladie, ou j'en mourrai. Si j'en reviens, à votre retour vous me trouverez bien portant; sinon, vous arriverez à tems pour me donner la sépulture. — O mon père, s'écria Isabelle, en poussant un soupir bien douloureux, m'avez-vous cru capable d'exécuter un ordre si cruel? Est-ce bien dans votre cœur que vous l'avez puisé ? Si vous avez

pitié de mon sort et du vôtre, permettez-
moi plutôt d'aller prendre à la ville la
plus prochaine une femme d'un moyen
âge qui puisse nous aider dans nos travaux. — Et qui vous serve de consolation et de compagnie, répliqua le vieillard, dans le moment où je passerai de
la vie au trépas. Encore quelques jours
et j'acquiesce à cette demande; je me
sens assez de forces pour résister quelque tems. — J'attendrai à cet égard que
vous me donniez l'ordre que je dois suivre;
mais n'est-ce pas un devoir de ma part
de vous rappeler un autre objet? Voilà
bientôt huit mois que je vis avec vous dans
cette retraite; nous n'en sommes pas
sortis une seule fois pour aller vaquer
à des exercices de religion; notre petit
oratoire nous a suffi; je conçois que la
nécessité, où nous avons été vous et moi
de nous cacher au monde entier, a pu
légitimer notre éloignement des lieux
saints; mais devons-nous nous établir
juges dans notre propre cause? Ne de-

vrions-nous pas, en danger de mort, appeler un ministre du seigneur, lui confier nos secrets et lui demander les secours de la pénitence ?—Ma fille, nous sommes en danger de mort dans tous les momens de la vie ; il n'est pas un homme qui, se levant bien portant le matin, soit assuré de se coucher librement le soir. Voilà la pensée que j'ai toujours eu depuis trente-six ans que je suis dans cette retraite. Tous les matins je me disais : conduisons-nous comme si nous devions mourir ce soir. Avant de me jeter dans ces cavernes, j'avais reçu tous les sacremens qu'un bon chrétien peut desirer. Depuis, n'ayant jamais eu affaire aux hommes et la providence m'ayant comblé de bienfaits, il aurait fallu être bien porté au crime pour en commettre ici. Voilà la raison pour laquelle je n'ai pas eu l'idée de faire appeler de prêtre pour me visiter avant mes derniers momens. Pensez-vous que je me sois abusé ? Eh bien ! quand vous me verrez

sur le point de succomber , montez à
cheval comme vous me l'avez proposé.
Allez chercher un saint homme qui
mette votre conscience et la mienne en
sûreté. — Mais pourquoi attendre vos
derniers momens? Ne m'avez-vous pas
dit qu'on était en danger de mort dans
tous les momens de la vie? Si cette ma-
xime est vraie en santé pourquoi ne le
serait-elle pas en maladie? — Je vous
entends, votre esprit est sage autant que
votre cœur est sensible. Dès demain, si
vous le jugez à propos, partez et con-
duisez ici un homme de votre choix. »

Tel fut à-peu-près l'entretien de Vaudremont et d'Isabelle, et celle-ci se disposa à partir le lendemain dès l'aube du
jour, pour aller chercher un ministre
de la religion. En effet, après avoir préparé un peu de bouillon et de gâteau de
maïs avec quelques fruits cuits pour le
vieillard, elle partit, mais revint seule,
annonçant que le prêtre le plus voisin
auquel elle s'était adressée lui avait

promis de venir le lendemain dans la matinée.

La nuit fut plus calme que les autres. La toux cessa totalement. Le vieillard fut sans souffrance. Il dormit assez paisiblement et la sensible Isabelle, étonnée de cette guérison subite, l'attribua à l'offrande qu'elle avait faite de six pièces d'or à la chapelle de la Vierge, qu'elle avait visitée en allant chercher le ministre de la religion.

Elle profita de ce calme inattendu pour prendre du repos. Elle en avait un si grand besoin ! Le lendemain le vieillard ne se leva point, mais il fut sans toux et sans souffrance ; il parla et raisonna comme à son ordinaire. La nuit qui suivit cette journée fut calme et Isabelle prit du repos. Le prêtre ne parut point. Isabelle ne s'en affecta pas. Le vieillard semblait aller de mieux en mieux, quoiqu'il n'eut pas mangé depuis deux jours. Le surlendemain, voyant que la matinée était belle, il

desira se lever pour aller jouir au soleil
du spectacle de la nature embellie. Isabelle l'aida à se soutenir. Elle le dirigea
jusqu'au jardin où il fut s'asseoir sur une
pierre plate, qui ombragée par un obier
ou pelote de neige en fleur, était expo-
sée au soleil levant. Le vieillard assis et
penché sur cette pierre, ayant ses pieds
sur un escabeau de bois, se trouva bien.
Il remercia la Providence de tous les
biens qu'elle lui avait prodigués depuis
qu'il était sur la terre. Il adressa une
courte prière au Très-Haut, en faveur
de la belle infortunée qui prenait soin
de ses derniers momens; et lui demanda
pour lui-même d'abréger ses souffrances
si c'était sa volonté, et de l'appeller à lui
au milieu des jouissances de la belle nature. « Jamais, dit-il, ô mon Dieu! je
ne fus plus heureux qu'en ce moment.
Mon esprit, dégagé de toute inquiétude
terrestre, n'aspire qu'après vous et vous
contemple dans toute votre majesté. La
nature s'est rajeunie, elle est toute bril-

lante du nouvel éclat qui l'environne;
je reçois des secours d'une main si chère,
que j'ai oublié, s'il fut des méchans pour
ne m'occuper que de sa vertu. Où trouver
un mortel plus heureux que moi ? Mon
bonheur serait parfait et sans altération
à l'avenir, si vous daignez m'appeller à
vous dans l'état où je me trouve. »

Isabelle écoutait le vieillard avec attention, et fondait en larmes. Le vieillard s'en apperçut, et voulut l'en consoler en lui faisant voir que le malheur
de l'homme n'était pas de voir devant
soi la mort, mais de laisser derrière soi
la vie, quand on avait mal vécu. « Aussi,
répliqua Isabelle, si je verse des larmes
sur votre sort, n'est-ce pas par la crainte
que j'ai de ce qui vous arrivera dans
l'autre vie. Je vous regrette pour vous-
même, c'est-à-dire pour moi. Combien
cette solitude était douce pour mon cœur
en l'habitant avec vous ! je me croyais
guérie de mon fatal amour quand je suis
venue l'habiter, et vos paroles, en ap-

portant à mon ame une tranquillité
qu'elle n'avait pas, m'ont fait voir que
c'est seulement depuis que j'ai pu jouir
de votre sagesse et participer à vos vertus,
que j'ai véritablement banni de mon sein
une passion funeste. Ah ! si je venais à
vous perdre, aurais-je d'autre prière à
faire au seigneur, que de m'ensévelir
avec vous dans le même tombeau? Comment me supporter seule dans ces lieux
où je croirais voir à tout instant votre
ombre me suivre et ne la verrais jamais;
où je croirais entendre à tous momens
votre voix m'appeller, me parler, et
ne l'entendrais jamais; où je préparerais
sans cesse des repas pour vous, comptant les partager avec mon père, et je
ne verrais autour de moi qu'une silen-
cieuse et terrible solitude ? O mon soutien! mon ami ! mon père ! faites effort
pour vivre encore, ne m'abandonnez
pas sitôt à l'infortune qui m'attend. Si
mes passions allaient se rallumer! ah! si
l'Eternel vous appelle auprès de lui, pro-

mettez-moi de lui demander, en le
voyant face à face, de me faire promptement sortir de ce lieu de douleur. —
Non, ma fille, je ne ferai point de semblable prière. La vie est une tâche glo-
rieuse à remplir pour aller à la mort ; la
carrière que vous avez à suivre est un
cercle qu'il faut parcourir tout entier ;
vous ne pouvez atteindre au but en fran-
chissant son diamètre. Laissons faire
celui qui nous créa, et profitons de l'in-
télligence qu'il nous a donnée pour être
bon et pour l'adorer ; quant au reste,
espérons tout de la providence ; les attraits dont il embellit la vertu sont le
plus grand de ses bienfaits puisque c'est,
en le mettant à profit, que nous pouvons
arriver jusqu'à lui. Plus vous aurez aimé
ce qu'il a fait pour être chéri, plus vous
trouverez des consolations sur la terre ;
mais, ma fille, j'ai le palais un peu des-
séché : j'ai soif. »

A ces mots, Isabelle courut à la grotte
et porta une boisson composée de sucs

émolliens et restaurans. Le vieillard prit
la coupe, la vida pour ainsi dire d'une
haleine. Son visage devint riant ; il sou-
riait à Isabelle, il semblait l'admirer par-
ticulièrement parmi les beautés de la nature. Un moment après il lui tendit la
main, la serra légèrement mais affec-
tueusement, ferma l'œil, baissa un peu
la tête, et s'endormit pour l'éternité.

Isabelle qui n'avait jamais vu mourir
personne, si ce n'est dans les batailles,
douta si le vieillard dormait ou s'il avait
cessé de vivre. Le dernier sourire, qu'il
avait fait, était encore empreint sur ses
traits. Elle ne pouvait croire que la
mort du juste ne fût pas comme celle
du méchant, un objet hideux. Elle resta
quelques momens à le contempler, craignant de le déranger et de troubler son
repos ; mais bientôt ce sourire ayant
disparu, les traits du vieillard s'allongè-
rent. Elle prit un de ses bras, tâta le
pouls, il n'était plus ; posa le dos de la
main sur son cœur ; il était sans mouve-

ment. Elle poussa un cri de surprise et d'effroi auquel les seuls échos répondirent ; elle secoua le corps de Vaudremont ; et sa tête , balançant sur ses épaules , ne lui laissa plus de doute sur son malheur. Alors elle remplit l'air de ses gémissemens et de ses plaintes , des torrens de larmes coulèrent de ses yeux ; accablée de douleur , de lassitude , de besoin , elle se laissa aller sur la terre auprès du vieillard , et de ses larmes elle arrosa l'herbe tendre et les fleurs que le printems avait fait éclore. De tems en tems elle se soulevait pour regarder Vaudremont toujours étendu sur la pierre au soleil , et ses traits , prenant de plus en plus les différentes teintes du trépas , elle retombait dans une affliction plus grande. Enfin la mort se manifesta sensiblement par une roideur dans tous les membres du vieillard ; ce fut alors seulement que , sentant toute la rigueur de son sort , elle vit cet isolement auquel elle s'était volontairement condamnée ,

comme une chose au-dessus dé ses forces;
Jusques-là Castor, qui plusieurs fois la
voyant dans l'affliction, s'était approché
pour la lécher, la caresser, la consoler,
avait été repoussé ; maintenant elle le
pressa de sa main caressante; elle sembla s'étayer de sa présence comme pour
se garantir d'un isolement qui semblait
la rapprocher de ce cadavre qui lui ins-
pirait de l'effroi. Elle ne pensa cependant point à s'en éloigner de tout le jour;
mais quand les ombres de la nuit semblèrent s'élever du creux des vallons, elle
éprouva une terreur secrète, qu'elle essaya vainement de surmonter; elle s'é-
loigna d'abord doucement d'un corps
qui n'était plus homme, mais quand
elle eut fait quelque pas, elle prit la
fuite et fut s'enfermer dans sa grotte avec
le fidèle Castor qui, se conformant à
ses tristes pensées, poussait des gémissemens, des heurlemens, et refusa toute
espèce de nourriture.

La nuit fut cruelle; vers l'aube du

jour la lassitude amena le sommeil. Au
réveil, le soleil était déjà au tiers de son
cours. S'étant levée, elle pensa à ce qu'il
lui restait à faire, elle se sentit un peu
moins d'abattement, elle était plus ca-
-pable de résolutions. Les maximes du
vieillard revenaient à son souvenir; elle
envisageait la vertu comme le seul vrai
bien qui fut sur la terre. Cette vertu lui
disait que la fermeté d'une ame devait
sur-tout se montrer dans les afflictions;
que c'était alors seulement qu'elle éle-
vait l'homme au niveau de lui-même,
en le dégageant de toutes les impressions
matérielles.

Dans ces pensées elle ouvrit sa porte,
elle se dirigea vers le jardin et fut visiter
le vieillard. Du plus loin qu'elle l'apperçut, sous ce berceau de fleurs qui semblaient être là placées par le destin pour
couronner l'innocence, elle se mit à
pleurer amèrement; elle approcha à pas
lents, elle essuya ses yeux pour regarder
Vaudremont. Ses traits s'étaient affreu-

sement retirés: le jaune livide de la mort couvrait ses pieds, ses mains, son visage; tout son corps s'était affaissé.

Ce spectacle sécha ses pleurs ; elle resta debout devant son vieil ami. « Voilà notre sort, dit-elle ; cette matière va se décomposer et prendre toutes les formes ; celle de l'homme ne sera plus elle, une seule chose va rester, l'ame ! qui maintenant vole à l'Eternel, chargée du bien et du mal qu'elle a fait. Quel est le mortel qui, s'il réfléchissait à ce moment terrible, ne vît que puisque l'ame est le seul bien qui survive, c'est pour elle seule qu'il faut essentiellement travailler? Regardant ses bras qui avaient la plus belle carnation, ils deviendront, dit-elle, semblables à ceux de mon ami cette tête, dont je me fis gloire, ne sera plus qu'un objet hideux ; tout ce corps, semblable à celui-ci, placé dans la tombe, va bientôt changer de nature, et c'est pour lui que jusqu'à ce moment j'ai travaillé ! »

Telles étaient les réflexions d'Isabelle :
je les épargne à mon lecteur ; je dirai
seulement qu'elles lui donnèrent une
force nouvelle pour supporter sa douleur
et lui faire prendre les résolutions dont
elle avait besoin. Le sentiment profond
de la mort nous sauve des terreurs de la
mort. Il fallait inhumer le vieillard ex-
posé à l'ardeur du soleil, il ne devait
pas tarder de tomber en corruption. Fallait-il aller chercher du secours, fallait-il
s'acquitter seule de ce devoir sacré ?

Elle se décida à aller chercher du
secours. Elle monta à cheval avec sa robe
de cénobite. Comme elle sortait de son
hermitage et se disposait à traverser la
montagne pour gagner un village qui
n'était qu'à deux lieues vers l'orient, elle
rencontra de ces mêmes auvergnats qui
tous les ans allaient passer l'hiver en Espagne et s'en retournaient au printems.
L'un d'eux la reconnut ; il avait travaillé pour elle lorsqu'elle était venue
s'établir dans l'hermitage. Elle leur pro-

posa de venir lui aider à inhumer son frère en Dieu qui était mort la veille. Nous le voulons bien, répondit l'un des trois, mais nous avons laissé derrière nous quatre de nos compagnons qui se sont arrêtés à trois lieues d'ici pour attendre une jeune française qui s'est égarée. Elle est à cheval et certainement ils ne sont pas à demi-lieue derrière nous. Si vous ne voulez pas les attendre, marchez le premier, ô mon père! et dans moins d'une heure nous serons à votre hermitage pour vous rendre tous les services qui dépendront de nous.

Isabelle en effet revint sur ses pas et, en attendant l'arrivée de ces auverguats, elle fut prier Dieu auprès du corps de son ami. L'idée qu'elle allait s'en séparer pour jamais, réveilla ses douleurs, et le rosaire, qui était entre ses doigts, sans qu'elle pût en faire usage à cause de son affliction, fut arrosé de ses larmes.

Déjà la nuit approchait et personne n'avait paru. Isabelle crut qu'il en serait de ces hommes comme du prêtre et qu'ils avaient oublié leur promesse. Déjà elle projetait de s'armer de courage, de passer une partie de la nuit à creuser un tombeau et d'y porter son compagnon, son père, son ami ; mais comme elle allait se lever pour commencer à exécuter son dessein, le fidèle Castor par ses cris annonça l'arrivée de la dame et des sept auvergnats.

Isabelle, toujours à genoux devant le vieillard, les laissa s'approcher. Ces braves gens, dont quelques-uns avaient connu Vaudremont, s'en approchèrent avec respect. La lumière du jour, quoique fort affaiblie, leur permettait de contempler et de reconnaître ses traits. Ils imitèrent Isabelle, et se mettant à genoux et chapeau bas, ils adressèrent des vœux à celui qu'ils regardaient comme un saint béatifié par l'Eternel.

Quant à la dame française, elle ne pouvait assez s'étonner de la scène dont elle était témoin. Ce vieillard, mort sous

un berceau de fleurs, entouré d'hommes
religieux qui rendaient un doux hommage à ses vertus, ce chien même, ce
Castor qui, monté sur la pierre, con-
templait son maître avec douleur, tout
la pénétrait d'un sentiment religieux
mêlé de crainte, qui lui faisait beaucoup de mal; car l'aspect de la mort,
uni à une idée religieuse, effraye le méchant. Elle se prosterna cependant à son
tour, et ses lèvres ne surent exprimer
aucune parole, parce que son cœur n'é-
prouvait que de l'effroi.

Cependant Isabelle, voyant approcher
la nuit, se leva et dit : « Hommes pieux,
qui venez ici partager et soulager mes
douleurs, si votre dessein est de donner
ce soir même la sépulture à mon père, il
est tems de commencer ce pénible travail.—A cette voix la dame française
sembla trémousser et témoigna un grand
étonnement. — Qui que vous soyez, ô
vous que cet appareil épouvante, continua Isabelle en se tournant de son côté,

souvenez-vous que l'image de la mort est le présage d'une meilleure vie. Armez-vous de courage et cédez au sort qui vous favorise en vous appellant aux honneurs funèbres d'un homme vertueux. »

A ces mots la dame française, levant son voile, examine avec attention la figure du jeune hermite. Elle fait des gestes qui expriment son incertitude et son étonnement. Isabelle, préoccupée de la douleur de la dame, n'attribue ses transports qu'à la situation où elle se trouve. Elle s'en approche comme pour la rassurer, mais la dame, la voyant de plus près, s'écrie : « Isabelle ! et s'évanouit. Isabelle s'approche à son tour et s'écrie : Madame de Ponthieu ! ciel !

A peine a-t-elle prononcé ces mots, qu'elle sent tout le danger d'une indiscrétion. Elle invite deux de ces auvergnats à lui aider à porter cette dame dans l'hermitage. Elle la fait revenir, et dès le moment qu'Isabelle s'apperçoit que madame de Ponthieu a repris un peu ses sens, elle se penche vers son oreille, et lui dit : « Je vous le demande en grâce, contenez-vous. Ne me trahissez pas. »

CHAPITRE IX.

Ces paroles produisirent tout l'effet qu'Isabelle pouvait en attendre, et se souvenant que le nom d'Isabelle lui avait échappé, elle essaya de donner le change à ces étrangers, en le répétant et disant, Isabelle! Isabelle! qu'elle image s'est offerte à tes yeux? Quel tableau que celui de la mort! — Rassurez-vous, répliqua Isabelle. La présence de la mort, quand elle fait impression, mène à une vie plus douce, plus fortunée que celle que l'on trouve au milieu d'un monde corrupteur. Que la mort du sage qui a causé votre effroi, soit votre unique espérance. Mourir comme lui, c'est vivre dans l'éternité.

C'en fut assez de ce peu de mots pour dissiper les doutes qui pouvaient être entrés dans l'esprit de ces bons tra-

vailleurs. Ils ne doutèrent pas que cette
dame ne s'appellât Isabelle ; et l'appel-
lèrent ainsi jusqu'au moment où ils s'en
séparèrent.

Cependant cette scène avait laissé le
tems aux ombres de tomber. Les étrangers, témoignèrent le desir de ne vaquer à l'inhumation que le lendemain.
Isabelle se disposa à leur préparer à souper. Eux-mêmes mirent la main à l'œuvre ;
et tandis qu'ils réparaient par une saine
nourriture les fatigues du jour, Isabelle,
impatiente de savoir ce qui était arrivé
à madame de Ponthieu, et ne desirant
pas moins de savoir ce qui s'était passé
en France depuis son départ, la mena
sur le seuil de la porte de la grotte qui
donnait sur le jardin. Là, était une large
pierre qui servait de siège ; le mur de la
grotte lui servait de dossier.

Le ciel était couvert de nuages,
l'obscurité profonde n'était troublée que
par la lueur pâle et tremblottante de deux
lampes allumées près de Vaudremont

sous son berceau de fleurs. Ce spectacle, sur lequel madame de Ponthieu ne pouvait s'empêcher de porter la vue, la pénétrait d'un si grand effroi, qu'il lui semblait qu'elle était elle-même à son dernier moment et qu'elle allait paraître bientôt devant l'Éternel.

Ce saisissement fut cause que, paraissant devant sa chère Isabelle qu'autrefois elle avait tant aimée et qu'elle avait ensuite si cruellement desservie, elle n'eut rien de caché pour elle, et avoua toutes ses fautes avec la même franchise qu'elle aurait eu devant Dieu.

Elle apprit donc à Isabelle, que son frère était rentré dans ses biens. Elle lui raconta tout ce qu'elle savait de l'aventure des Bohémiens dans les terres d'Aragon; la froideur dont d'Armagnac avait été frappé ; son mariage avec Marguerite de Foix; la mortification que cette princesse avait éprouvée, et la guérison opérée par les mêmes Bohémiens.

Isabelle ne voyait cependant rien dans tout ceci qui lui dît pourquoi madame de Ponthieu, sortie de France, se trouvait seule sur les Pyrénées.

Cette femme, pressée par les questions d'Isabelle, s'engagea dans la narration de ses crimes; elle dit son amour pour d'Armagnac, ce qu'elle avait fait pour le captiver et pour le séparer de sa sœur; elle ne dissimula point l'affront qu'elle avait reçu lorsque d'Armagnac, paraissant empressé auprès d'elle, l'avait subitement délaissée : elle dit la fureur de son époux qui s'était apperçu de tout; elle raconta comment, s'emparant de l'esprit de Marguerite, elle l'avait excitée à se venger, en lui disant que la froideur du comte lui venait de son amour pour Isabelle; enfin elle avoua que, d'accord avec son époux, elle avait accusé le comte auprès du roi, d'être entré dans la *ligue du bien public.*

» Cette accusation étant bien ourdie, ajouta-t-elle, le comte s'est apperçu qu'il

y avait du danger à vivre auprès du roi,
et il est parti avec son épouse pour la
Guienne. Alors ses ennemis l'ont attaqué
de nouveau, et se sont servis de sa retraite pour l'accuser d'avoir été préparer
des forces pour les unir à celles des
princes. »

» Quant à moi, qui brûlais toujours
pour d'Armagnac, je voulais un pré-
texte pour me rapprocher de lui, j'en
trouvai un; je fis entendre au roi que
mon époux et moi, étant voisins de d'Armagnac par nos possessions, et même
étant ses amis, nous pourrions surveiller
ses démarches et les dénoncer à sa majesté. »

» Le roi, ayant goûté cet avis, ordonna à mon époux de partir pour la
Guienne, et je le suivis. Là, j'appris de
Marguerite que l'amour de votre frère
semblait s'être réveillé pour vous; j'en-
trai de moitié dans sa jalousie, et je fis
des démarches pour m'assurer si en effet
mes charmes seraient sans pouvoir sur

le cœur de d'Armagnac. Mon époux, dont la jalousie me surveillait, dissimula sa douleur d'un tel affront, et voyant que, tout puissant dans ses terres, il pouvait librement se livrer à la vengeance, il feignit de vouloir me faire connaître un de ses châteaux aux pieds des Pyrénées, et tout auprès de Perpignan. Je le suivis sans peine, mais, le même soir que j'arrivai dans ce fort, je fus enfermée dans une tour, et je reçus la déclaration que je n'en sortirais que pour être portée dans les tombeaux. »

» Cette annonce fut d'autant plus cruelle pour moi que j'avais été dupe de ma bonne-foi, je priai, je menaçai, je versai des larmes ; mon époux fut inflexible, et repartant pour la Guienne, il me laissa entre les mains du commandant du château, que j'ai corrompu, et qui m'a laissé sauver à condition que je ne rentrerais point en France, et qu'annonçant ma mort à mon époux, il dirait que j'avais été inhumée. »

» Sachant que vous aviez passé en
Aragon, je me doutai qu'ayant appris le
mariage de votre frère, vous vous lasse-
riez de la vie errante, et que vous iriez
dans vos terres d'Aragon jouir de la paix
de l'ame, que vos vertus vous ont méritée. Je comptais aller vous demander
un asyle en vous avouant toutes mes
fautes, et vous priant de me fournir les
moyens de les réparer. Jugez de ma surprise lorsque je vous ai reconnue sous
cet habit d'hermite, aux pieds de ce cadavre, et vous disposant à lui rendre les
honneurs funèbres. »

Tels étaient les discours de madame
de Ponthieu, lorsque les auvergnats an-
noncèrent qu'ils allaient prendre du repos dans l'une des grottes, et assurèrent
que le lendemain, dès l'aube du jour,
ils se mettraient à l'œuvre, et viendraient
avertir le jeune hermite sitôt que les apprêts funéraires seraient terminés.

A cette annonce, Isabelle et madame
de Ponthieu rentrèrent dans les grottes;

firent un léger repas ; et Isabelle, passant dans la sienne, fut y attendre le jour, réfléchissant sur tout ce qui venait de lui être raconté.

Il n'y avait que deux couches dans cet hermitage, celle d'Isabelle et celle du vieillard ; ce fut celle-ci qui reçut madame de Ponthieu ; elle ignorait, il est vrai, que ces misérables tréteaux, couverts de quelques feuilles, eussent été le lit du vieil hermite dont l'aspect venait de lui causer une si grande frayeur. Si elle l'avait su, au lieu d'y chercher le sommeil, avec qu'elle terreur ne s'en fût-elle pas éloignée !

Le soleil dorait l'horizon depuis une heure ; les oiseaux, ayant fait entendre leurs premiers ramages, étaient occupés à chercher leur nourriture, lorsque les travailleurs vinrent avertir le jeune hermite que tout était prêt pour les funérailles. Ils avaient creusé la tombe sous l'ombrage d'un groupe de cyprès qui était au fond du jardin, et ayant fait au

vieillard une espèce de cercueil, ils l'a-
vaient laissé sous le berceau de fleurs où
il avait expiré, et où le fidèle Castor le
gardait en poussant des gémissemens qui
intéressaient à son sort.

Le lecteur ne s'attend pas que je lui
fasse la description de ce convoi funèbre:
je dirai seulement que Vaudremont fut
déposé sous le groupe de cyprès, et que
ces auvergnats forts et nerveux, après
avoir recouvert la fosse de terre, trainè-
rent au-dessus un énorme quartier de
pierre; sur ce quartier ils en élevèrent
un second moins pesant, puis en firent
rouler quatre autres pour servir d'appui
aux deux premiers; et ces quatre rochers, placés vers les quatre parties du
monde, formèrent le signe du chrétien.

Quand ce travail fut achevé, Isabelle
prit la parole, et fit une sorte de pané-
gyrique de l'infortuné Vaudremont. Elle
dit son nom, ses malheurs, sa philoso-
phie, ses vertus, et termina son discours
en adressant au défunt une prière par

laquelle elle lui demandait d'intercéder auprès de Dieu, en faveur de ceux qui lui avaient rendu les derniers devoirs.

De là, Isabelle conduisit ses travailleurs dans l'une de ses grottes, où après les avoir fait déjeûner, elle les remercia du service qu'ils lui avaient rendu, en leur donnant à chacun une pièce d'or.

Madame de Ponthieu sortit des grottes de l'hermitage avec les auvergnats, se proposant, disait-elle, de continuer son voyage pour l'Aragon; mais à peine, après s'être séparée de ces hommes, les eut-elle perdus de vue, qu'elle revint sur ses pas et fut s'établir auprès d'Isabelle.

Son dessein n'était pas de vivre avec elle dans cet hermitage, mais de la déterminer à venir habiter la demeure de ses pères en Aragon. Cette solitude sauvage, et privée de toutes les douceurs, de tous les agrémens de la vie, ne pouvait être de son goût; mais vainement elle pressa son amie, au nom de l'ami-

tié, vainement elle lui dit que son frère,
étant marié, elle ne devait avoir rien à
craindre de sa passion, Isabelle persista
dans ses projets de retraite; elle en avait
eu besoin pour se soustraire au bonheur
que son frère lui avait offert; elle en
avait plus besoin peut-être encore en apprenant que ce bonheur, qu'elle avait
fui, ne pouvait exister que pour elle.
Elle avait pressé son frère de se marier;
elle avait demandé à Dieu, dans ses
prières, qu'il le guérît de son fatal amour,
et qu'il fût heureux par la possession
d'une amante dont il fût tendrement
chéri; là, s'étaient bornés tous les efforts
de sa vertu.

Cependant elle ne conservait pas dans
son cœur le moindre ressentiment contre
d'Armagnac, et son ame était exempte
de toute haine, de tout principe de jalousie contre la belle Marguerite. Elle
aurait même voulu la voir, la connaître,
l'aimer, et lui prouver par mille soins,
mille empressemens, mille égards, qu'elle

l'aimait d'autant plus qu'elle avait contribué davantage à la guérison de son
frère.

Quelque généreux que fussent ces
sentimens, elle sentait que sa solitude
devait lui être plus chère que jamais.
Son frère étant en quelque sorte perdu
pour elle, puisqu'il existait un être qui
tenait la première place dans son cœur,
qu'avait elle-besoin de rentrer dans le
monde? Quelle jouissance pouvait-elle
y trouver, qui la dédommageât de la
perte qu'elle avait desiré de faire, et
dont la réalité demandait un si grand
sacrifice à son cœur?

Cependant elle voyait bien que madame de Ponthieu, malgré son repentir,
n'était pas d'un caractère à se plier aux
austérités de la vie cénobitique; en conséquence elle la pria, la supplia de se
retirer et de passer en Aragon, où elle
serait parfaitement accueillie par le commandant en chef de ses propriétés. Elle
n'y mettait pas même la condition de

ne pas déceler sa retraite : elle savait bien que recommander un tel secret à une telle femme, serait peine inutile; mais peu lui importait dorénavant que sa retraite fût connue. N'était-elle pas assurée, à présent que d'Armagnac était heureux dans les bras d'une épouse, d'avoir la liberté d'habiter où elle voudrait? Ne sentait-elle pas que, sans offenser personne, elle pouvait prononcer sa volonté et exprimer formellement sa résolution de vivre éloignée des hommes, qui tous n'étaient plus à ses yeux que des méchans ou des êtres légers et perfides?

Quelque ressentiment donc, se mêlant à sa fierté, et un peu de roideur à sa grandeur d'ame, Isabelle prononça formellement qu'elle ne sortirait point de sa retraite, et persista chaque jour dans ses pressantes sollicitations auprès de madame de Ponthieu, pour l'engager à se retirer en Aragon.

Cette dame lui avoua que, malgré

son amitié, elle ne se sentait point capable de passer ses jours dans une telle solitude, où sans cesse elle était environnée de terreurs. « Cependant, ajouta-t-elle, je ne vous quitterai pas sitôt. Je veux passer l'été avec vous. Peut-être m'accoutumerai-je à vos travaux, à vos privations, à vos frugales jouissances. Si non, je profiterai de vos offres et j'irai m'établir en Aragon, jusqu'à ce que mes parens ayent trouvé le moyen de me réconcilier avec M. Beaudricour, ou de me séparer de lui de façon qu'il n'ait plus aucun pouvoir sur moi.

Telles furent les résolutions de ces deux personnes si peu faites pour être unies. Madame de Ponthieu, dès le lendemain des funérailles du vieillard, chercha à se mettre au fait de l'intérieur du ménage. Elle admira avec quel ordre, avec quels soins infatigables, Isabelle portait ses attentions sur les détails les plus intéressans du dehors et du dedans. Elle était d'une force, d'une

adresse, d'une légèreté inconcevables.
Ses mains, malgré ses travaux, n'a-
vaient rien perdu de leur délicatesse,
et son teint conservait encore toute sa
beauté. Elle fut témoin du soin qu'elle
apportait à semer de fleurs le berceau
de laurier et de jasmin sous lequel d'Armagnac l'avait surprise. Elle essaya vainement d'en connaître la cause. Isabelle, depuis que son frère, apparte-
nant à une autre, semblait accuser ses
sentimens, craignait d'interroger son
cœur, et elle eût rougi d'avouer à madame de Ponthieu, que ces fleurs étaient
répandues en mémoire du plus chéri des
mortels.

L'on conçoit que les habitudes d'Isabelle durent changer beaucoup par la
mort de Vaudremont et la société de
madame de Ponthieu. Les nuits sur-tout
eurent une variété bien grande. Madame de Ponthieu avait couché le premier soir sur le grabat de Vaudremont,
parce qu'elle ne pouvait coucher avec

Isabelle dans son appartement en présence des auvergnats. Mais maintenant qu'elles étaient sans témoins, elles pouvaient vivre à leur fantaisie, et dès la seconde nuit elles couchèrent ensemble.

Le genre de vie, qu'elles commençaient à mener dans cette retraite, ne leur déplaisait pas. La belle saison embellisait leur solitude. Les arbres, étant chargés de fruits, promettaient une récolte abondante, et quelques-uns déjà, tels que les cerisiers, les framboisiers, commençaient à prendre la couleur purpurine de leurs fruits.

Mais ce calme de l'innocence ne devait pas être de longue durée.

Plus nous méditons sur les bienfaits de la Providence et sur les maux qu'elle nous suscite ou qu'elle permet, plus notre esprit s'étonne en rapprochant les évènemens de la vie. Tantôt c'est la confiante bonté qui succombe sous l'orgueilleuse tyrannie ; tantôt le juste est élevé et semble l'être en récompense de ses vertus ; tantôt il tombe dans l'opprobre, la misère, la douleur, et c'est le traître, le brigand qui monte fièrement à sa place, et c'est encore, dit-on, la Providence qui veut éprouver le juste. Ainsi la pauvre Isabelle, après s'être élevée par ses vertus au-dessus des misères humaines, est destinée à éprouver de nouveaux chagrins par l'effet de ces mêmes vertus.

Sa générosité lui avait fait donner à chaque auvergnat une pièce d'or. Cette rétribution magnifique avait rempli ces bons travailleurs de la plus juste reconnaissance, et dans toute la route, ils ne s'arrêtèrent pas une fois dans une hôtellerie, pour prendre de la nourriture ou du repos, qu'ils n'y racontassent et la mort de l'hermite Yago d'Arnoda, prince lorrain, et ses aventures telles que les leur avait rapportées son jeune successeur, et la rétribution magnifique qu'ils avaient reçue pour un acte de piété.

Un brigand ayant appris ces détails, s'imagina qu'un jeune hermite, qui, successeur d'un prince, donnait six pièces d'or, pour un travail qui de ce tems-là valait à peine quelques oboles, devait posséder des trésors; en conséquence, il forma la résolution d'aller avec trois de ses camarades, dépouiller le jeune hermite de la forêt d'Arnoda, qui dans ces momens s'occupait avec son amie, de cultiver des fruits et des fleurs.

Les quatre brigands ne tardèrent pas à se diriger vers la forêt pour y exécuter leur dessein. Quoiqu'ils imaginassent bien que pour un jeune hermite faible et délicat, tel qu'on le leur avait dépeint, il ne fallût pas un grand appareil de force, ils ne laissèrent pas que de s'armer jusqu'aux dents.

Avant de faire leur coup, ils voulurent reconnaître les lieux, et le soir, au clair de la lune, ils s'avancèrent jusqu'à l'entrée des cavernes en descendant à travers les rochers qui servaient de barrière au jardin.

Arrivés à la porte de la grotte où couchait Isabelle, ils prêtèrent en silence une oreille attentive, ils virent de la lumière à travers les fenêtres de la porte, et ils entendirent distinctement deux voix de femme.

Etonnés de ce double langage, ils firent effort pour appercevoir quelque chose de ce qui se passait au dedans. Ayant vu une petite fente occasionnée par la pourriture du bois, ils l'agrandirent un peu avec la pointe d'un couteau; et bientôt ils virent distinctement une femme et l'hermite. La femme se déshabillait et se disposait à se mettre au lit; l'hermite en faisait autant, et ils ne tardèrent pas à les voir tous deux se mettre dans le même lit.

Voilà qui est parfait, dirent les brigands; cet homme est un de nos compagnons, nous volons à force ouverte, il vole le public en le trompant, et vi-

vant des vols qu'il extorque par son hy-
pocrisie. Sa qualité de confrère ne le
sauvera pas de notre fureur, il faut qu'il
nous cède et sa femme et son trésor, et
si celui-ci en vaut la peine, comme il
faut le penser, il videra la place, et l'un
de nous, à tour de rôle, sera l'hermite
d'Arnoda. »

C'est ainsi que parlaient entr'eux les
brigands, lorsque Castor qui faisait sa
ronde dans les grottes, ayant passé près
de la porte de celle d'Isabelle, sentit les
voleurs et se mit à aboyer avec les con-
vulsions de la fureur. Il sautait après la
porte, et de ses dents il la tirait à lui,
comme s'il eût voulu l'ouvrir pour sauter
sur les ennemis de son maître.

On pense qu'Isabelle fut prompte à
sauter à terre, à prendre son haut-de-
chausse et à s'armer; et pensant que sa
lampe, encore allumée, pouvait servir
à faire connaître à ceux du dehors toutes
ses démarches, elle la porta dans la
chambre voisine. Quant à madame de

Ponthieu, je ne peindrai pas sa frayeur, il suffira de se représenter soi-même dans une pareille position, pour avoir une idée de sa mortelle inquiétude. Enfoncée dans ses draps, et la tête cachée sous sa couverture, elle attendait ou la mort, ou les consolations que lui porterait Isabelle. Combien de fois elle regretta, dans cette occasion, de n'avoir pas écouté le conseil et même la prière de sa compagne, d'aller passer ses jours en Aragon ! mais rien de plus aisé que de prendre des conseils quand le danger les a rendus inutiles.

Cependant Isabelle revint dans la grotte, avec son écu et son épée, et marchant à tâtons, elle fut regarder par un trou qui, pratiqué dans le rocher, servait à renouveller l'air de la grotte, et les rayons de la lune, donnant sur la porte et sur les voleurs, elle les vit très-distinctement. Elle prêta une oreille attentive; les aboiemens de Castor l'empêchaient de bien entendre, mais d'un autre côté, forçant les voleurs à parler plus haut pour s'entendre entr'eux, ils étaient cause qu'Isabelle saisissait assez bien leurs discours; elle entendit donc tout le complot; les uns voulaient qu'on engageât l'hermite à ouvrir, et qu'on enfonçât la porte en cas de refus; les autres pensaient qu'il était plus sage d'avoir l'air de se retirer, de se cacher entre les rochers, et de pénétrer le lendemain, tous ensemble, dans la grotte au moment où elle serait ouverte.

Après un débat assez long, cette opinion prévalut, et chacun d'eux se cacha derrière les rochers à quelque distance de la porte de la grotte.

D'après ce qu'elle avait entendu, Isabelle ne pouvait douter que ces hommes n'en voulussent à ses jours et à son argent; s'ils n'en avaient voulu qu'à son argent, elle aurait pu se décider à le leur donner; mais ils voulaient aussi l'ensévelir dans sa retraite et s'emparer de cette triste demeure pour s'en faire un moyen de subsistance, en trompant les peuples voisins et détroussant les voyageurs. Résister à ces hommes était rendre service à l'humanité, autant que s'en rendre à soi-même. Elle prit donc la résolution de les exterminer s'il était en son pouvoir, et la colère éveillant son courage, elle brûlait d'être aux prises avec ces brigands pour les punir de leur criminelle audace.

Il ne s'agissait plus que de savoir comment on s'y prendrait pour sortir victorieusement d'un tel combat. Quand elle fut assurée que ces brigands s'étaient dispersés dans les rochers pour attendre le jour, elle fut joindre madame de Ponthieu qui était sur le point d'étouffer dans son lit.

» Rassurez-vous, ma bonne amie, lui dit Isabelle à voix basse, ce n'est rien ; ce ne sont que quatre brigands qui, vous prenant pour ma concubine, veulent s'emparer de vous pour en former leur société et me donner la mort à moi, en

m'enlevant et ma retraite et mes pré-
tendus trésors. »

» Quoi ! répondit madame de Ponthieu , essoufflée et palpitante , vous
dites que tout cela n'est rien , eh ! que
pourrions - nous redouter de pis ? ah !
qu'ai-je fait de rejetter vos avis ! je serais
paisible en Aragon , et je n'aurais pas
à redouter ces terribles riens qui vont
nous coûter la vie. — Non , non , ma
chère ! ces quatre hommes ont décidé
qu'ils ne nous attaqueraient que demain,
lorsque nous ouvririons la porte de ma
grotte. — Eh mon Dieu ! qu'ils nous at-
taquent demain ou à l'instant, notre sort
en sera-t-il plus fortuné ? pouvons-nous
espérer du secours ? — Sans doute, il nous
en viendra du secours ; n'aurons - nous
pas la lumière qui nous mettra à même
de voir où il faut frapper. — A quoi bon
cette lumière ? et comment voulez-vous
que je frappe ces hommes ? quant à vous ,
toute guerrière que vous êtes, pouvez-
vous résister à quatre brigands ? ah ! que

ne suis-je en Aragon ! — Toujours ces
regrets ; eh bien ! l'Aragon vous est-il si
cher ? habillez-vous, montez à cheval ;
je vais vous ouvrir la porte d'entrée du
côté du chemin , et vous vous sauverez
à la faveur des ombres ; ces hommes sont
à pied, ils ne sauraient vous atteindre.
— Oh ! l'excellente idée que vous avez-
là, ma chère Isabelle ! habillons-nous,
nous monterons sur nos chevaux, nous
nous sauverons à toute bride, et demain
les brigands ne trouveront que vos petits
meubles et ces rochers. »

Elle dit ; et déjà elle commence à s'ha-
biller. « Je consens à favoriser votre
fuite, reprit Isabelle ; quand à moi,
l'honneur me défend de fuir ; et ma propriété qu'on veut m'enlever, le jour que
l'on veut me ravir, me donnent le droit
de me défendre et d'exterminer jusqu'au
dernier de ces brigands. Si vous manquez de confiance en mon bras, partez ;
mais je crois devoir voir prévenir que
vous serez plus en danger dans les

courses que vous allez faire, que dams le séjour que la frayeur vous conseille de prendre ici. »

Cette conversation, qui dura une partie de la nuit, serait bien longue et bien inutile à rapporter : il suffira de dire que l'embarras d'Isabelle fut seulement de se déterminer sur le choix des possitions pour résister plus avantageusement à ces brigands.

Fallait-il tenir les portes fermées, soutenir un siège, et tuer s'il était possible les assaillans ? Ce projet avait quelque chose d'avantageux ; mais qui répondait que dans le cas d'une trop forte réssistance, ces brigands ne fussent chercher main forté, et n'arrivassent en si grand nombre qu'il devînt impossible de leur résister ? fallait-il ouvrir les portes, monter à cheval armé de toutes pièces,, et recevant les brigands dans le champ de froment et de maïs, les combattre avec tout l'avantage qu'à un chevalier sur un simple piéton qui est sans armure ? Ce

projet avait quelque chose de bien at-
trayant par la noblesse de sentimens
qu'il exigeait ; il était le plus conforme
au grand courage d'Isabelle ; mais un
coup d'épée, donné à propos aux jarrets
de son cheval, pouvait la faire tomber
et la livrer à la merci de ses ennemis ;
il s'agissait de trouver un moyen qui ne
donnât rien au hasard, et voici celui
auquel Isabelle s'arrêta, d'autant plus
volontiers qu'il fut approuvé par madame de Ponthieu qui, ne voulant
point s'exposer à fuir seule à cheval,
trouva ce projet plus conforme à sa ti-
midité.

CHAPITRE X.

« MA chère amie, dit Isabelle à madame de Ponthieu, il faut vous persuader une grande vérité, c'est que lorsque le danger est certain et que les maux qui doivent en résulter sont affreux, l'homme le plus timide doit montrer du courage, parce que, étant assuré de périr par sa lâcheté et ne voyant de ressource que dans la valeur, il doit essayer d'en avoir pour peu qu'il lui reste de bon sens. »

« Que prétendez-vous exiger de moi par ce préambule, s'écria madame de Ponthieu ? Voudriez-vous m'affubler d'une armure, et m'engager à me battre à côté de vous. — Parlez moins haut, et ne me desservez pas si vous ne pouvez me seconder. — Mais peut-on demander rien de plus inconvenant que de vouloir que je montre du courage ? moi ! moi,

qui tremble de toutes mes forces, et
qui serais incapable de regarder en face
le plus faible de ces brigands. — Le courage n'est pas seulement dans les démonstrations extérieures qui nous font affron-
ter la mort dans les combats, mais dans
la présence d'esprit, mais dans les résolutions de l'ame. Si vous n'êtes capable
de rien, vous resterez dans votre lit, et
je me sauverai comme je pourrai. »

Ces paroles réveillèrent l'attention de
madame de Ponthieu qui, se familiari-
sant peu-à-peu avec le danger et forti-
fiant ses résolutions de celles de sa compagne, lui dit qu'elle se sentait en état
d'agir, et qu'elle n'avait qu'à parler.

« Eh bien ! s'il en est ainsi, dit Isabelle, voici ce que j'exige de vous. Dès
l'aube du jour, j'ouvrirai la porte de
notre habitation du côté où sont les brigands : vous vous leverez alors ou vous
resterez au lit, peu importe. Les brigands entreront dans la grotte sitôt qu'ils
l'entendront s'ouvrir ; ils vous verront,

et vous demandant où est l'hermite,
vous leur direz que je suis dans la cave.
S'ils vous demandent aussi où est votre
or et le mien, vous répondrez qu'il est
caché dans la cave. Avouez que jusque-
là il ne vous faut pas un grand courage.
Je dis plus, vous servirez d'autant mieux
mes desseins, que vous paraîtrez plus
craintive et plus effrayée. Ils vous de-
manderont où est la cave : vous mar-
cherez devant et la leur montrerez. La
trappe étant ouverte, et la lumière d'une
lampe éclairant l'intérieur de la cave,
ils ne douteront pas que je n'y sois :
alors quelques-uns y descendront pour
venir me saisir et s'emparer de notre
trésor; je ne vous demande qu'une chose
bien facile, c'est, aussitôt que ceux qui
doivent entrer dans la cave seront vers
le fond et le milieu de l'escalier, de
pousser rudement la trappe qui, en tombant, ferme d'elle-même. Si vous exé-
cutez ceci, je vous réponds d'être maîtresse de leur vie. — Mais, reprit ma-

dame de Ponthieu, celui ou ceux qui
ne seront pas descendus dans la cave me
tueront aussitôt. — Ecoutez jusqu'au
bout. Au lieu d'être dans la cave, je serai
dans le petit enfoncement qui est à côté
de la trappe. Étant de pied en cap armée,
j'aurai les yeux sur vous, et en même
tems que vous pousserez la trappe, je
fondrai sur le plus près de moi, je lui
passerai mon épée au travers du corps
avant qu'il se soit douté du danger ; de
là je fonds sur le second, qui certainement éprouvera le même sort ; et, quant
à ceux qui seront dans la cave, vous
sentez bien que, ne pouvant sortir qu'un
après l'autre et avec peine, l'escalier
étant étroit et rapide, j'aurai bon marc-
ché de leur vie. »

Madame de Ponthieu, qui voyait dans
tout ceci plus de bravade que de certitude, n'avait pas grand espoir de se retirer heureusement de cette aventure ;
mais quoiqu'elle fît, y étant engagée, il
fallait en sortir, et n'étant pas en état

de donner un meilleur avis, il fallut
bien se résigner à celui-ci, et promettre
de jouer fidèlement le rôle qu'on lui donnait à remplir.

Quelques instans donc avant le jour,
Isabelle se fit attacher son casque et son
armure; elle prit son épée, ouvrit la
trappe de la cave, déposa la lampe dans
le fond, fut ouvrir la porte de la grotte
au point du jour, et se cacha dans le
réduit obscur dont j'ai parlé. Là elle
voyait tout sans être vue et n'avait pas
quatre pas à faire pour tomber sur les
brigands, s'ils venaient jusques à la
porte de la cave.

Aussitôt que les quatre voleurs eurent entendu ouvrir la porte de l'hermitage, ils sortirent de derrière leurs rochers
et pénétrèrent dans la grotte, le sabre nu
à la main.

A leur approche, madame de Ponthieu,
qui n'était qu'à moitié habillée, fut
saisie d'une si grande frayeur, qu'elle
faillit en perdre connaissance. Les bri-

gands s'en approchèrent et lui dirent
qu'ils la trouvaient trop jolie pour lui
faire du mal, qu'ils n'en voulaient qu'à
son or et à celui de son amant, le saint
hermite. En même tems ils lui deman-
dèrent où il était.

La frayeur dont madame de Ponthieu
était saisie l'empêcha de répondre. Les
brigands, croyant qu'elle ne gardait le
silence que pour donner à l'hermite le
tems de se sauver ou de se mettre en défense, lui ordonnèrent de dire sur-le-
champ où était son amant. Elle garda
encore le silence. Tu es morte, lui dit
l'un des quatre en lui portant la pointe
de son épée sur la poitrine, si tu ne dis
point où ton coupable complice s'est
retiré ».

Ces paroles et cette démonstration terribles ranimèrent les forces de madame
de Ponthieu. « Eh! messieurs, leur dit-
elle tout effrayée, je n'en sais rien.
Mais voyez..... peut-être..... Ah! je
m'en souviens, je crois que l'hermite est

dans sa cave. — Et ses trésors où sont-ils, dit le même homme? où sont-ils, te dis-je? parle ou tu vois le jour pour la dernière fois. — Des trésors! nous n'en avons point. — Tu vas mourir. — Ah messieurs! prenez tout ce que je possède. — De quel côté est la cave? — Là-bas,.. à droite... dans le fond. — Marche la première (madame de Ponthieu se dirige du côté de la cave). Malheur à toi, dit le même homme, si tu ne dis point la vérité. — Voyez la cave et la lumière, dit madame de Ponthieu. — Tu dis que ton amant est là-bas? — Oui messieurs, — Prends garde à ce que tu dis; s'il n'y était pas, le prix de ton mensonge serait la mort. — Peut-être, messieurs, me suis-je trompée. Au reste, voyez auparavant, cherchez par-tout...puis-je savoir...

Comme madame de Ponthieu parlait ainsi, ces brigands qui se méfiaient, se courbant, cherchaient à voir si en effet l'hermite était dans la cave. Isabelle, qui vit bien à leur hésitation que les brigands avaient de la défiance, et que madame de Ponthieu était sur le point de la trahir, ne balança point sur le parti qu'elle avait à prendre, et se précipitant sur ces quatre hommes ainsi courbés, elle les poussa si rapidement que deux furent culbutés dans la cave avec madame de Ponthieu, et les deux autres ne se relevèrent qu'après avoir bronché et s'être heurté rudement contre les rochers de ces cavernes; mais Isabelle n'avait pas perdu de tems; son second mouvement fut un coup de genou à la trape qui se ferma en tombant avec un grand fracas, et soudain choisissant à volonté le brigand le plus près d'elle, elle lui passa son épée au travers du corps. Son compagnon se mit en devoir de le venger; il crut plonger aussi la sienne dans le corps de l'hermite : mais la cuirasse para le coup; et Isabelle, ripostant d'un coup de revers, lui fit une large blessure au visage, et d'un second coup elle l'acheva.

Assurée maintenant de la victoire, elle consentit à ouvrir la trappe aux brigands qui, froissés et moulus de leur chûte, plus encore que madame de Ponthieu qui était tombée sur eux, s'étaient relevés, et l'un d'eux, cherchant à soulever la trappe, allait la briser parce qu'elle était vermoulue de vétusté, lorsqu'Isabelle fit jouer la serrure, et le brigand n'eut pas plutôt montré sa tête audacieuse, ne se doutant point du sort de ses camarades, qu'Isabelle d'un coup de pointe dans le sein, l'envoya tomber mort aux pieds de son camarade. Alors celui-ci, appercevant Isabelle au haut de l'escalier, qui le menaçait de lui faire subir le sort de ses compagnons, lui dit : « Tu m'appelles brigand, et je le suis moins que toi. Je fais mon métier en brave et à découvert ; toi, tu te couvres du manteau de la religion, pour détrousser les voyageurs à qui tu offres un asyle. Ton infâme concubine partage tes forfaits. Ne l'avons nous pas vue hier soir, se dépouiller et se coucher auprès de toi? Si tu ne me jures point ici, foi d'honnête brigand, de me laisser sortir la vie sauve; je passe mon épée au travers du corps de ton amante. »

Il dit, et son épée touche à la poitrine de madame de Ponthieu, qui est assise à terre et ne se sent point la force de se relever.

Isabelle, qui avait moins envie de verser du sang que de sauver ses jours et ceux de madame de Ponthieu, ne balança point à lui jurer, non foi de brigand, mais foi de chevalier, qu'elle épargnerait ses jours, mais à condition qu'il rendrait les armes.

La condition acceptée, madame de Ponthieu sortit de la cave et fut suivie du brigand. Quant il fut dehors, et qu'il vit ses deux compagnons morts sur la poussière, il ne put s'empêcher de répandre des larmes, et la consternation parut sur tous ses traits.

« Je mets une autre condition, dit

Isabelle, à la grâce que je t'ai accordée.
Voilà une corde ; attache-toi solide-
ment les deux pieds, afin que tu sois
entravé comme un cheval dans la prai-
rie ; et donne moi tous les instrumens
tranchans que tu as sur toi. »

Le brigand fut obligé d'obéir. Quand
elle le vit dans cet état, elle se fit aider à
sortir le cadavre qui était dans la cave,
puis, lui faisant creuser une fosse profonde dans le champ, elle le força à y
enterrer ses trois camarades tout vêtus.

Cette opération achevée, elle lui fit
faire un bon repas et congédia le brigand après lui avoir défait elle-même les
nœuds qui l'entravaient. Cet homme se
retira la rage dans le sein, et l'on conçoit qu'après une telle aventure, la prudence voulait que cet homme fut gardé
prisonnier dans l'hermitage, ou que les
deux femmes, qui l'habitaient, s'en
éloignassent promptement.

Ce fut le conseil de madame de Ponthieu, mais Isabelle avait un trop fier

courage pour renoncer à sa chère solitude, et pour manquer à la parole
qu'elle avait donnée. Elle laissa donc
partir le brigand et resta dans l'hermitage d'Arnoda ; mais elle ne tarda pas à
s'en repentir. C'est ainsi que le pardon, quand il est sans prévoyance, n'est
qu'une pernicieuse témérité.

A peine ce brigand fut-il en liberté
que, dirigeant ses pas vers Solsone, il
fut dénoncer l'hermite d'Arnoda au juge
du lieu, comme un impie, un libertin
qui avait une fort jolie femme chez lui,
avec laquelle il couchait chaque nuit,
et comme un assassin ayant donné la
mort à trois de ses camarades, auxquels
le faux hermite avait accordé l'hospitalité. » Nous nous étions égarés, dit-il,
l'hermite nous offrit sa demeure ; nous
eûmes le malheur de l'accepter hier
soir, il nous donna à souper assez fru-
galement ; puis, étant allés nous coucher, nous vîmes le brigand entrer au
lit avec sa femme ; nous aurions voulu

être bien loin en voyant une telle impiété, mais ce fut bien autre chose quelques heures après, lorsque tout-à-coup
ce malheureux fondit sur nous, mas-
sacra mes trois camarades, et ne m'aurait pas épargné moi-même, si la jeune
dame, prenant pitié de moi, n'avait pas
favorisé ma retraite.

« Pour preuve de ce que j'avance,
j'offre au magistrat de le mener sur les
lieux, de lui faire voir les cadavres san-
glans de mes amis, de lui faire saisir
l'hermite et son épouse, et de vous
mettre en possession de ses trésors. »

Telle fut la dénonciation du brigand,
qui étonna d'autant plus le magistrat,
qu'il avait ouï-dire que l'hermite d'Arnoda était un vieillard extrêmement
hospitalier. Cependant l'accusation contre celui-ci était trop précise pour la
négliger. Le magistrat fut avertir le
prince, qui ordinairement résidant à
Tortose, était en ce moment à Solsone,
et le magistrat en reçut l'ordre de partir

le plus promptement possible avec une forte escorte d'hommes de guerre et avec le dénonciateur, et de lui amener l'hermite et sa criminelle amante.

Cet ordre fut aussitôt exécuté. Le magistrat prit avec lui cinquante hommes de choix, et se dirigea vers la forêt d'Arnoda, si promptement, que le lendemain matin, comme Isabelle était occupée à sarcler quelques plantes dans le jardin, elle vit entrer cet officier de justice et ses soldats. Isabelle de bonne-foi et ne croyant pas avoir rien à redouter, s'avança modestement et sans crainte ; mais à peine eut-elle fait quelques pas, que six hommes vigoureux sautèrent sur elle, la saisirent et lui mirent aussitôt les fers aux pieds et aux mains.

Elle avait beau assurer qu'elle était innocente, elle demandait en vain qu'on lui expliquât la nature de son délit ; elle n'en soupçonna quelque chose qu'en reconnaissant le brigand, que la veille elle avait épargné ; et croyant que cet homme, étant allé chercher quelques-uns de ses camarades, avait opéré ce déguisement pour la surprendre, elle commença à lui reprocher sa perfidie : mais le magistrat lui ayant imposé silence, la força à marcher vers l'ouverture de la cave indiquée par le brigand et que l'on trouva encore ensanglantée. On découvrit l'armure de l'hermite appendue à la voûte d'une des grottes ; on déterra les cadavres, et le magistrat, ayant dressé procès-verbal de tout, malgré la réclamation d'Isabelle et malgré la juste accusation contre le brigand, il se remit en route pour Solsone, emmenant avec lui sa victime, qui ne disait plus rien pour sa justification, parce qu'à la fureur du juge et des soldats, elle conserva l'idée que ces hommes étaient les compagnons du brigand qu'elle avait épargné.

Aussi lorsque le magistrat la somma de lui dire où était la dame qui lui ser-

vait de complice et de société, elle refusa de satisfaire à sa demande en disant
que cette dame était allée au village
chercher des provisions ; elle savait cependant que madame de Ponthieu était
entre les rochers où elle ramassait des
fraises : mais Isabelle présumait qu'elle
se serait cachée et que, cette seconde
victime étant épargnée, elle pourrait
servir peut-être à venger sa mort, si elle
ne pouvait l'empêcher.

Isabelle enchaînée, et montée sur un
mauvais cheval, tandis qu'un des soldats
de la troupe s'était emparé du sien, se
dirigeait chargée de fers vers Solsone.
Elle y arriva qu'il était grand jour encore. Tout le peuple se précipita en foule
sur son passage. « Voyez, disait-on, cet
air d'innocence et de grandeur : ne di-
rait-on pas que c'est un homme d'importance, distingué autant par ses aïeux
que par ses vertus ? n'a-t-il pas le front
de regarder le peuple en face, disait
un autre ? baisse les yeux, scélérat !

rougis au moins de la foule de tes crimes. »

Je ne finirais point si je voulais rapporter les différens sentimens qu'elle ins-
pirait à tous. On la fit passer sous les fenêtres du prince; il vit Isabelle ainsi que
son épouse; l'armure était portée en tro-
phée attachée à une longue perche. Le
prince les examina avec attention, et
crut y distinguer les devises des d'Armagnacs; il en conclut que l'hermite
avait ôté la vie à quelque guerrier de
cette maison, et qu'il s'était ensuite couvert de cette armure.

Quant à l'épouse du prince, étonnée
comme tant d'autres, de la beauté et de
la bonne mine du jeune hermite, elle
ne put s'empêcher de douter de ses crimes; elle osa le dire à son époux, qui
l'écouta avec bonté, d'autant mieux que
les regards d'Isabelle venaient de l'inté-
resser; mais bientôt, le magistrat ayant
apporté son procès-verbal, et en ayant
fait la lecture au prince, celui-ci resta

convaincu que l'hermite était un grand criminel et voulut que, dès le lende-main, il fût jugé et écartelé comme impie et comme assassin.

Le magistrat, qui était de cet avis, commença la procédure dès le point du jour. On entendit de nouveau l'accusa-teur : il resta prouvé que sa première dé-position était conforme au procès-verbal dressé par le magistrat, et certifié par les témoins. L'hermite avait avoué qu'il était le meurtrier de ces trois hommes ; il était donc évidemment criminel, il ne s'agissait plus que de l'interroger de nouveau et de prononcer le jugement.

Isabelle donc, chargée de fers, fut re-tirée de son cachot et traduite devant ses juges. Quoique renfermée dans son sac d'hermite, elle n'avait rien perdu de son assurance, de ses graces, de sa beauté. Quand on lui permit de parler, elle dit, en adressant la parole au ma-gistrat :

« J'ai cru d'abord, lorsque vous m'a-

vez fait saisir hier dans le jardin de ma
retraite, que vous étiez le complice,
pardon, maître, si je m'exprime ainsi,
j'ai cru que vous étiez le complice de ce
brigand que je voyais à côté de vous et
à qui je n'avais accordé la vie que pour
sauver les jours de la femme que vous
dites mon amante ou mon épouse, et
qui n'est que mon amie. J'ai cru que
cet homme avait employé cette ruse
pour me surprendre dans ma retraite,
et venger plus sûrement la mort de ses
compagnons que j'ai effectivement tués
de ma main, étant couvert de cette armure, comme il vous l'a fort bien dit.
Or, cette armure je ne l'ai pas volée,
comme on prétend; elle est à moi; je
l'ai portée toute ma vie; et plus d'une
fois avec elle dans les combats, je fis respecter ma valeur. Si ces hommes sont
tombés sous ma main, c'est parce qu'ils
étaient des brigands. »

Alors Isabelle expliqua comment elle les
avait entendus et vus hors de la grotte,

et comment elle s'y était prise pour les exterminer ; puis continuant, elle ajouta :

» Quant au scandale que j'ai causé en
passant quelques jours avec une femme
dans ma solitude, il est la faute de ceux
qui se sont scandalisés et non la mienne,
parce que je vis dans la retraite, est-ce à
dire que je ne puisse pas y être avec une
personne du sexe ? On ajoute, il est vrai,
que j'ai couché avec elle dans les mêmes
draps ; mais est-ce à dire que je me sois
mal comporté avec elle si je puis vous
prouver le contraire ? Et cette femme
eût-elle eu une faiblesse pour moi, est-ce
un crime à mériter la mort ? On dira que
la sainteté de mon état m'interdisait la
société d'une femme ; mais qui vous a
dit que j'étais un religieux ? Ne puis-je
pas vivre dans les déserts et fuir la société
d'un monde souillé de crime et de perfidie, sans devenir assujéti aux lois et
aux réglemens de l'église, avec laquelle
je n'ai de rapports que ceux que doit
avoir tout bon chrétien ? »

Isabelle allait continuer de parler lorsque le magistrat pressé par la rumeur du
peuple qui se lassait d'entendre les discours qu'il écoutait à peine et qu'il taxait
d'impiété, se vit contraint de prononcer
le jugement qui condamnait Isabelle à
mort.

Ce magistrat avait pour greffier un
jeune homme, plein de sens et de pro-
bité nommé Élino. Il s'était intéressé au
jeune hermite dont la physionomie annonçait l'innocence ; il avait constamment repoussé le dénonciateur, qui lui
semblait être ce que disait l'hermite, un
vrai brigand. Il avait écouté avec attention ses défenses et il voyait, qu'à moins
d'être le plus astucieux comme le plus
scélérat des hommes, il était impossible,
pour s'excuser d'un crime, d'inventer
une fable aussi bien ourdie que la défense
de l'accusé. Il en avait été si convaincu,
que, prenant pitié du pauvre Castor
qui avait suivi Isabelle et que les geoliers
avaient repoussé, il l'avait accueilli dans

sa maison. « Pauvre animal, lui disait-
il, que ne peux-tu prendre la parole et
défendre ton maître en disant la vérité !
Tu lui sauverais en ce moment la vie
comme tu la lui as sauvée dans sa retraite».

C'est ainsi qu'Élino parlait à Castor
couché à ses pieds, en le caressant de la
main. Dans ce moment le dénonciateur,
qui était dans la foule des témoins, s'approcha du magistrat qui l'appelait, ayant
quelque chose de particulier à lui dire.
Castor sent le brigand ; son poil se hé-
risse ; il reconnaît l'ennemi de son maître ;
il s'élance et lui saute au cou pour l'é-
trangler.

L'animal était fort et courageux, et
si Isabelle n'eût pas secouru son accusateur, il aurait péri peut-être sous la
dent incisive du fidèle Castor. Élino,
interrogé par le magistrat sur la méchanceté de son chien, répondit que c'était
celui de l'hermite qui, reconnaissant
l'ennemi de son maître, avait voulu le
venger du mal qu'il lui faisait.

A ce trait de cet animal plusieurs personnes doutèrent de la culpabilité de
l'hermite; il sembla que la fureur du
chien confirmât la déposition du maître;
mais cette lueur de vérité se dissipa à
l'interprétation du magistrat qui dit que
l'on avait vu des brigands dresser des
chiens à les seconder dans leur fureur.

Isabelle à ces mots s'écria : « Il est donc
des juges, assez endurcis dans leur pro-
fession, pour ne vouloir trouver que des
criminels dans les accusés! Non, reprit
le magistrat, mais il en est d'assez clair-
voyans, d'assez experts pour connaître
tous les détours d'un brigand ».

Il dit, et irrité, il ordonne que l'hermite soit reconduit dans son cachot jusques à l'heure de son exécution.

Le lecteur demandera peut-être pourquoi Isabelle n'avoua pas en ce moment
et son sexe et sa naissance. Je répondrai
que l'historien n'en parle pas; mais qu'il
laisse à entendre que, si elle ne le fit
point, c'est qu'elle vit, à la fureur dont

e peuple et le magistrat étaient agités,
que cet aveu ne lui aurait pas sauvé la
vie et qu'il n'aurait servi qu'à jeter un
opprobre éternel sur un nom que les
races présentes et futures devaient respecter.

CHAPITRE XI.

CEPENDANT à peine Isabelle fut-elle ramenée dans sa prison, qu'Élino se rendit chez le prince de Solsone et sollicita la faveur d'une audience qui lui fut accordée. Là il exposa, en présence de la cour et de la princesse de Solsone, tout ce qu'il savait de l'affaire du jeune hermite d'Arnoda. Il accusa le juge de prédicitation et de prévention d'autant plus blâmables qu'une affaire de cette importance méritait de plus amples éclaircissemens. Il dit qu'on aurait dû attendre pour juger le jeune hermite, que sa compagne eût été entendue. Il ajouta qu'il lui semblait avoir trois preuves bien fortes d'innocence en faveur du condamné. La première se trouvait, suivant Élino, dans les cadavres déterrés, qui étaient revêtus de leurs habits, dans lesquels on avait trouvé de l'or, de l'argent et quelques bijoux. Preuve évidente que, si l'hermite ôtait la vie à ses hôtes, ce n'était pas pour les détrousser.

La seconde preuve d'innocence était dans les quatre épées nues qu'on avait trouvées dans la grotte, et qui annonçaient que les quatre hommes avaient voulu s'en servir, et qu'ils n'avaient pas été surpris dans le sommeil, comme le disait l'accusateur. On objectait que l'hermite pouvait bien avoir voulu conserver leur épée; mais Élino répondait que, s'il avait eu cette intention, il aurait aussi gardé les fourreaux et les ceinturons, dont trois cependant étaient dans la fosse avec les morts, et dont le quatrième avait resté au corps de l'accusateur.

Enfin, la troisième preuve d'innocence aux yeux d'Elino, était la simplicité, la naïveté, la bonne mine de l'accusé et la fidélité de castor.

Toutes ces raisons fortement appuyées

par la princesse de Solsone, décidèrent
le prince à faire suspendre l'exécution
du jugement jusqu'à ce qu'il eût interrogé lui-même l'accusateur et le condamné.

Elino se retirait extrêmement satisfait de son éloquence qui l'avait si bien
servi, lorsqu'il vit un chevalier couvert d'une armure brillante, qui sollicitait une audience du prince. Le chevalier fut introduit, mais Elino, ne
s'amusant pas à écouter ce que voulait
cet 'tranger, courut à la prison de son
jeune hermite, lui dire de se rassurer
et que le prince allait envoyer l'ordre
au magistrat de ne point faire exécuter
la sentence, qu'il ne l'eût entendu ainsi
que son accusateur.

Cette annonce plut infiniment à Isabelle. Elle reconnut dans ce messager
un homme de bien, agent secret de la
Providence, qui ne voulait pas laisser
triompher le criminel ni punir l'innocent.

Mais, tandis qu'Elino et le jeune hermite se concertent entre eux pour défendre avec honneur l'innocence de ce dernier, allons au palais du prince de Solsone, et connaissons le motifs de la visite de cet étranger.

« Prince, dit ce guerrier, après l'avoir salué lui, son épouse, les dames et les gentilshommes de sa cour; je m'appelle Vaudremont d'Alcantara. Je viens vous demander justice contre un criminel affreux, qui est en vos mains. Il a commis envers le solitaire de la forêt d'Arnoda, le plus effroyable des forfaits. Je vous demande vengeance, et je viens être moi-même son accusateur.

— Je vois avec plaisir dans ma cour, dit le prince de Salsone, le prince Vaudremont d'Alcantara, dont j'ai connu les malheurs ; et je suis d'autant mieux disposé à vous rendre justice, que déjà j'ai donné des ordres en faveur de l'innocence, et vous nous obligerez en portant témoignage contre son accusateur.

— Je ne comprends pas bien le sens de ces paroles, reprit Vaudremont d'Alcantara ; mais voici l'accusation que je viens porter en ces lieux.

» Mon aïeul, abattu par les injustices et les cruantés de son siècle, s'était retiré dans la forêt d'Arnoda, où il vivait sous le nom d'Yago, dans un oubli profond de tout ce qui se passait dans l'Univers. Accablé sous le poids des années ; il a eu le malheur de s'associer un jeune homme, qui l'a séduit par une apparente vertu. Ce jeune homme était un brigand. Il a égorgé mon aïeul sans défense, et s'est établi maître de sa demeure, dont il a fait le repaire du crime.

» J'avais promis à mon aïeul de venir le visiter l'hiver passé : mais j'étais dans l'armée de Henri contre le Portugal. La paix m'ayant ramené dans mes foyers, j'ai profité de mes premiers momens pour voler auprès de mon aïeul. Je suis arrivé hier dans sa demeure. Mais, ô douleur! le vieillard n''y était plus; et je vois plusieurs habitans des campagnes, qui étant occupés à dépouiller l'hermitage, m'apprennent que l'hermite, que s'était associé mon aïeul, est un brigand, qui vient d'être enfin saisi pour ses crimes et qui s'est défait de mon aïeul pour exercer ses brigandages à loisir.

» Ce misérable est dans les prisons de votre justice. Je vous conjure, ô prince! de le faire juger promptement, et de lui faire expier tant de forfaits. »

Ce discours étonna singulièrement le prince et la princesse de Salsone, qui, l'instant d'auparavant, s'étaient intéressés pour le jeune hermite; mais cette nouvelle accusation faite par un homme de qualité, ne souffrant point de réplique, le prince de Solsone, prenant la parole, dit à Vaudremont d'Alcantara, que le criminel, dont il parlait, était jugé depuis le matin, et que, condamné à être tiré à quatre chevaux, il devait être exécuté le soir ; que son dessein avait été d'entendre le criminel lui-même sur quelques probabilités d'innocence ; mais que, ne résistant plus à cette nouvelle accusation, il allait envoyer au magistrat l'ordre de faire exécuter la sentence.

Vaudremont d'Alcantara, satisfait de la prompte punition de l'assassin de son aïeul, dîna chez le prince de Solsone, et après le dîner il se rendit avec ce prince et sa cour à la place de l'exécution; et ils montèrent sur un amphithéâtre qui avait été dressé exprès pour donner à la cour la jouissance de ce spectacle sanglant.

A peine la cour et les princes étaient-ils assis, que l'on conduisit le jeune hermite, tête et pieds nus. Il passa assez près de l'amphithéâtre pour que les princes vissent ses traits. Tout les spectateurs s'écriaient en s'attendrissant sur son sort; « Peut-il loger une ame si laide dans un si beau corps ! O la belle figure !

les beaux yeux ! quelle majesté, quelle noblesse dans son port ! quelle sérénité ! quelle résignation sur tous ses traits ! »

Lorsqu'Isabelle passa près de l'amphithéâtre, elle leva ses mains jointes vers le prince comme pour l'implorer : « Va monstre ! dit-il assez haut pour être entendu par Isabelle, tu ne saurais être assez puni pour tant de crimes. — Dont je suis innocente, » s'écria Isabelle d'une voix pénétrante qui sensibilisa tous les cœurs.

Aussitôt tous les visages se tournèrent vers le prince de Solsone pour réclamer l'exécution de la promesse qu'il avait faite d'interroger le coupable. Il en avait lui-même le plus puissant désir.

Cette tête divine, ces longs cheveux flôttans sur ses épaules ou agités par le vent, ce mot très-distinctement entendu *innocente*, semblaient recéler quelque mystère. Il aurait donné un sac d'or pour avoir la permission d'interroger ce malheureux ; mais la crainte de déplaire à Vaudremont d'Alcantara, le retenait.

Ce prince cependant n'était pas sans émotion. Ces traits qu'il n'avait pas reconnus, ne laissaient pas que de l'émouvoir. Ce mot *innocente* avait aussi frappé son oreille. Vainement il cherchait à se rendre compte de ce qui se passait en lui; il n'y trouvait qu'un fond de sensibilité sans haine ni courroux. Il se demandait même pourquoi il s'était senti un mouvement de tendresse en voyant celui qui, étant l'assassin de son aïeul, aurait dû lui inspirer un secret effroi.

Tandis qu'il réfléchissait, la princesse de Solsone, penchée vers son époux, sollicitait tout bas pour le condamné, la faveur d'être entendu. — « Demandez-la au prince d'Alcantara lui-même, disait cet époux; c'est lui qu'il faut fléchir; car pour moi je suis tellement ému, que je le serais moins peut-être si je marchais au supplice. »

La princesse de Solsone, voyant l'air sombre et méditatif de Vaudremont n'osait lui adresser la parole. Pendant ce tems, on attachait les mains et les pieds d'Isabelle avec de grosses cordes armées d'anneaux de fer. Voyant que miséricorde se perdait, et qu'après sa mort l'on reconnaîtrait infailliblement son sexe, Isabelle fit signe à Elino, qui s'approcha d'elle avec le plus vif empressement.

» Ne pourriez-vous, lui dit-elle, aller de nouveau parler au prince, et demander la raison pour laquelle il a refusé sa protection à l'innocence après l'avoir si solemnellement promise. — Je la sais, cette cause, répondit Elino. Depuis que j'ai quitté le prince, il a reçu la visite d'un homme qui vous a accusé d'avoir fait périr son aïeul dans la personne du vieil hermite de la forêt d'Arnoda auquel vous avez succédé. — Quoi, reprit vivement Isabelle, Vaudremont d'Alcantara est ici, et m'accuse! volez, allez lui dire que cet accusé, qu'il poursuit;

délivra son aïeul sur les ruines de Numance. »

Elino, soudain vole à l'amphithéâtre
pour remplir la commission que lui
donne son protégé ; il se croise avec un
envoyé qui part de l'amphithéâtre, et
vient donner l'ordre au magistrat, de
la part du prince de Solsone, de faire
venir le condamné pour être interrogé
par le prince Vaudremont d'Alcantara.

En effet, ce prince, tourmenté par
les traits de cette belle figure qu'il croyait
ne lui être pas inconnue, aurait bien
voulu interroger le prétendu coupable,
mais une fausse honte le retenait encore,
lorsque la princesse de Solsone lui dit :
« Mon prince, avez-vous la certitude
que ce soit ce beau jeune homme qui ait
ôté la vie à votre aïeul ? —Vous me faites
naître un regret, reprit Vaudremont ;
s'il fut l'assassin de mon père, je voudrais bien savoir où il a déposé ses restes.
—Rien de plus facile, répondit le prince
de Solsone, et aussitôt il envoya l'ordre

de faire paraître le condamné ; mais de
quel étonnement ne furent-ils pas frap-
pés l'un et l'autre, lorsque Elino s'approchant de l'amphithéâtre, dit à Vaudremont que le condamné, qu'il croyait
innocent, se disait être celui qui avait
sauvé son aïeul sur les ruines de Numance.

A peine Elino eut-il dit ce peu de paroles, que Vaudremont se rappella parfaitement les beaux traits d'Isabelle, et
que le prince et la princesse de Solsone
qui avaient appris cette histoire, se souvenant que l'armure de l'accusé, portée
sur une perche, leur avait offert les
devises des d'Armagnacs, ne doutèrent
plus que le condamné ne fût un d'Armagnac ; en conséquence, les deux princes
à la fois franchissent d'un saut la balus-
trade de l'amphithéâtre, volent auprès
d'Isabelle. Vaudremont la reconnait pour
son chevalier libérateur, et tombe à ses
pieds ; il a su par le comte d'Armagnac
que ce prétendu chevalier était Isabelle ;

il détache lui-même ses fers ; il verse
des larmes de joie et de repentir ; il
presse contre son sein cette tendre victime de l'amour et de la plus douce humanité. Le prince de Solsone le seconde
de son mieux , il donne des ordres au
magistrat pour que l'accusateur soit
saisi. Vaudremont prend Isabelle dans
ses bras , l'emporte au pied de l'amphi-
-théâtre ; où toute la cour et le peuple
étonnés l'admirent sans imaginer le motif de tant d'égards , de soins , de sensibilité.

On la fait monter sur l'amphithéâtre:
elle devient l'objet de la vénération pu-
blique. Là , elle répète à haute voix ce
qu'elle a dit devant le tribunal; son sexe,
n'étant plus un secret , puisqu'il a été
dévoilé par Vaudremont , dans le premier transport de sa joie , elle dit comment elle s'est associée au vieillard
d'Arnoda , aïeul du prince Vaudremont
d'Alcantara : comment elle lui a rendu
les honneurs de la sépulture , et com=

ment , couchant avec son amie , madame de Ponthieu ; elle a entendu les quatre brigands , par la surveillance de son chien , et comment elle en à exterminé trois , le quatrième se portant dans cette ville pour son accusateur.

Le discours d'Isabelle ne fut pas entendu sans arracher des larmes à ce peuple assemblé. Le sensible Elino jouissait de son triomphe ; Castor , à côté de sa maîtresse , recevait sa part des applaudissemens dont il ne se doutait pas. Il n'y eut pas une dame de la cour qui ne flattât de sa main délicate , le fidèle animal , qui partageant la joie commune dont certainement il ignorait la cause , ouvrit la marche en bondissant de joie devant la mule de sa maîtresse , quand elle se rendit au palais du souverain , où les premiers momens d'Isabelle furent employés à demander des nouvelles de madame de Ponthieu ; on lui dit que l'on n'en avait pas ; elle voulut partir aussitôt pour aller la chercher et la rassurer ;

mais plusieurs seigneurs de la cour, s'é-
tant chargés de ce soin ; partirent aussitôt, se faisant un honneur autant qu'un
plaisir de lui ramener l'amie de son cœur.

Ils n'eurent pas beaucoup de chemin
à faire. Les villageois, dont nous avons
parlé, l'ayant trouvée cachée entre les
rochers et les ronces, la conduisaient
comme une criminelle à Solsone pour
être jugée et condamnée avec son amant.

Ces jeunes seigneurs, ayant délivré
madame de Ponthieu, la conduisirent
au château du prince où elle fut avec
Isabelle plusieurs jours dans les fêtes et
dans les réjouissances, que leur donna
le prince, tant à Solsone qu'à Tortose.
Mais là Isabelle apprit une nouvelle qui
la força de passer au plutôt en Aragon,
et je vais en faire part à mon lecteur,
après lui avoir appris qu'Elino fut ma-
gnifiquement récompensé par Isabelle
et par Vaudremont d'Alcantara ; et que
le brigand périt sur l'échafaud, non pas
seulement pour ses crimes envers Isa-

belle, mais aussi pour plusieurs autres qu'il avait commis auparavant.

Isabelle était à Tortose depuis huit jours, lorsqu'il y arriva un seigneur français qui, ayant été reçu à la cour du prince, et ayant appris une partie des aventures de la princesse Isabelle d'Armagnac, dit au prince de Solsone, qu'il s'étonnait de ce qu'Isabelle ne volait pas au secours de ses frères qui, lors de son départ de France, étaient dans une situation bien fâcheuse.

On observa à ce français qu'Isabelle, ayant vécu dans les déserts, devait avoir ignoré le danger de ses frères, mais qu'il était prudent de l'en avertir ; en effet, ce français lui apprit que les d'Armagnacs soutenaient en ce moment une guerre terrible contre une armée formidable envoyée par Louis XI qui, ayant terminé la guerre, dite du bien public, voulait se venger du comte d'Armagnac, accusé d'avoir été secrètement coalisé avec les princes.

A cette annonce, Isabelle sentit son courage s'enflammer ; elle rassembla un corps de mille hommes et vola au secours des d'Armagnacs. En repassant en France, elle visita son hermitage dans lequel elle plaça une famille de cultivateurs, le lui donnant en propriété avec les animaux qu'il contenait, à l'exception de Castor qui la suivit à la guerre avec autant de fidélité qu'il l'avait accompagnée dans les déserts.

Arrivée dans la Guienne, elle apprit que ses frères étaient réduits à se défendre dans la ville de Lictoure, seule propriété qui leur restât ; mais d'autre part elle sut que les rois d'Espagne et d'Aragon armaient pour soutenir leurs droits contre l'envahissement de Louis XI; que le Roussillon se révoltait contre les français qui chez eux se conduisaient avec trop de licence, et que la maison de Foix était sur le point de se déclarer en faveur des d'Armagnacs.

Les forces de tous ces princes allaient

faire une puissante diversion en faveur
de ses frères, si elle avait le bonheur de
leur porter des secours et de faire passer
des vivres dans la place.

Arrivée à six lieues de Lictoure, elle
sut que le commandant de l'armée
royale était un nommé Jouffroi, cardinal d'Albi. Isabelle regarda ce prêtre
comme peu capable de lui résister, et
ne balança pas, malgré la supériorité
du nombre, le cardinal ayant plus de
vingt mille hommes sous son comman-
dement, de se décider à le combattre ;
mais, voulant cacher à l'ennemi le petit
nombre de ses troupes, et cacher à ses
troupes la supériorité de l'ennemi, elle
résolut de l'attaquer quelques heures
avant le jour.

Cependant il lui importait que ses
frères fussent instruits de ses desseins ;
en conséquence, elle choisit un de ses
hommes les plus rusés et les plus courageux pour porter à Lictoure la nouvelle
de son arrivée, afin que ses frères pus-

sent opérer une sortie en même-tems qu'elle fondrait sur l'armée royale.

Elle avait aussi un convoi de vivres qui pendant le combat devait pénétrer dans la place. Toutes ces choses étant disposées, Isabelle chargea son messager, qu'elle déguisa en cordelier, de s'introduire dans la ville, d'avertir ses frères ; 1°. que deux heures avant le jour elle fondrait du côté de l'orient sur le camp ennemi ; 2°. qu'un convoi de vivres se dirigerait vers la place au moment de l'attaque ; 3°. que le mot d'ordre serait *Saint-Martin* et *Toulouse* ; 4°. qu'elle ne partirait, pour attaquer, qu'au moment où elle verrait sur la tour du centre un fanal allumé, ce qui lui annoncerait que son messager était en effet dans la ville, et que ses frères se disposaient à venir la seconder.

Le messager, déguisé, passa fort heureusement toutes les lignes sans être soupçonné ; mais, comme il était sur le point de se jeter dans le fossé à la nage, il fut surpris et arrêté par une patrouille ennemie à l'entrée de la nuit.

Mené devant le cardinal, et menacé des plus rigoureux supplices s'il n'avouait pas tout l'objet de son message, il fut effrayé des apprêts de son supplice, fit tous les aveux qu'on exigea de lui.

Aussitôt Jouffroi envoya dans la place un des siens qui se revêtit du même habit de cordelier, et fut remplir auprès des frères d'Isabelle la commission que son messager en avait reçue. Le cardinal n'y fit changer qu'une seule chose, ce fut le mot d'ordre, qui devint *Saint-Louis* et *Paris*.

Ce message de la part du cardinal renfermait plus d'un avantage à la fois. Il forçait Isabelle à venir, avec mille hommes, en attaquer vingt mille bien disposés à la recevoir, tandis qu'elle espérait les surprendre et leur imposer par le nombre. Il nécessitait les d'Armagnacs à une sortie, et les engageait à laisser une porte ouverte pour recevoir

le convoi de vivres qui devait entrer dans
la ville; enfin, il jetait une confusion
étrange entre les troupes d'Isabelle et
celles de ses frères qui, n'ayant dans les
ténèbres d'autre ralliement que le mot
d'ordre, allaient se traiter en ennemies,
ne se reconnaissant plus d'après le changement qu'en avait fait le cardinal.

Jouffroi fit équiper soixante chariots
et cacha dix hommes sur chacun, ce qui
faisait en tout six cents hommes. Ces
chariots devaient être conduits par un
chef prudent et plein de valeur dans
Lictoure, pendant le combat, et mettre
tout à feu et à sang dans cette ville,
tandis que ses soldats, sortis à la rencontre d'Isabelle, seraient dans la plaine
aux prises avec l'ennemi.

Par cet arrangement, les troupes d'Isabelle et celles de ses frères devaient se
battre entr'elles et être battues par l'ennemi, et le convoi de vivres étant arrêté,
devait être remplacé par des hommes
qui, s'emparant de la ville, devaient ne

laisser aucun espoir de retraite aux malheureux d'Armagnacs.

Quand le faux messager arriva à Lec-
toure, on lui ouvrit les portes et, pour
se faire avouer auprès du comte auquel
il demanda à parler en particulier, il lui
remit l'anneau d'Isabelle, que celle-ci
avait en effet donné à son envoyé.

Le comte, ayant reconnu l'anneau,
écouta avec confiance tout ce que lui dit
le faux messager, et ayant fait appeler
ses frères, il leur en fit part. Il fut aussi-
sôt convenu que Lescun garderait la
place, veillerait à l'entrée du convoi, et
que le comte et le chevalier se mettraient
à la tête des troupes qui opéreraient la
sortie.

En conséquence, le fanal fut allumé
à minuit sur la tour du centre. Il servit
de signal à Isabelle et à Jouffroi. Elle
partit avec sa petite troupe, et marcha
en silence : Jouffroi posta ses gens derrière les passages, afin de charger en
queue ses troupes quand elles seraient

avancées. D'un autre côté, le chevalier et le comte sortirent de la place avec deux mille hommes, et vinrent assaillir l'ennemi ; ils rencontrèrent, chemin faisant, les soixante voitures du convoi, qui, pour mot d'ordre, donnèrent *Saint-Louis* et *Paris*. Le comte, se croyant assuré que c'était le convoi envoyé par sa sœur, lui ordonna de marcher et continua sa route en silence, étonné de ne pas rencontrer encore d'ennemi. Isabelle, de son côté, marchait aussi dans le même étonnement, lorsque tout-à-coup le corps avancé de l'armée de ses frères se présente et crie : *Saint-Louis* et *Paris*. A ces cris, Isabelle croit reconnaître les ennemis, ayant donné pour mot d'ordre *Saint-Martin* et *Toulouse* ; elle fait le signal du combat, et le carnage commence aussitôt de part et d'autre avec une extrême valeur.

Jouffroi fut d'abord tenté de les laisser s'épuiser entr'eux avant de réunir ses forces pour mettre les deux partis amis

entre deux feux ; mais, craignant qu'ils
ne parvinssent à se reconnaître, il donna
le signal de la charge, et les troupes du
comte eurent à la fois à combattre celles
de l'ennemi et celles d'Isabelle, comme
celles d'Isabelle eurent à combattre celles
du comte qui l'attaquaient en face, et
celles de l'ennemi qui l'attaquaient en
queue et en flanc, car la supériorité du
nombre avait permis au cardinal de les
envelopper.

Cependant Charles, le comte et Isabelle faisaient des prodiges de valeur.
Par-tout où ils paraissaient, les bataillons
étaient enfoncés ; mais, disparaissaient-
ils, la supériorité du nombre l'emportant
sur la valeur, les soldats de l'un et de
l'autre étaient repoussés, et tant l'ennemi qu'eux-mêmes, en faisaient un hor-
rible carnage.

Le jour ne tarda pas à poindre. Le
combat était dans sa plus grande ardeur :
le comte distingua, à travers un faible
crépuscule, ce guerrier qui, pendant la

nuit, avait fait tant de prodiges de valeur; le jugeant un héros digne de son courage, il pique son coursier et vole à sa rencontre; il fond sur lui l'épée haute. Les devises de son écu sont celles qu'il portait dans les joûtes et les combats de son enfance. Isabelle, qui attend ce vaillant guerrier avec non moins d'impatience et de valeur, jette un coup d'œil sur son armure, reconnaît son chiffre et ses couleurs; elle lève aussitôt son écu et crie : « Arrête, mon ami! c'est Isabelle. » Mais l'impétuosité de la charge est plus rapide que les paroles de cette sœur généreuse : son épée n'a pas même osé se croiser avec celle de son frère, de peur de le frapper; cette délicatesse lui coûte une blessure au flanc droit. Elle balance; et le comte effrayé, qui a entendu ces paroles et qui a reconnu la voix de sa sœur, mais qui n'a pu retenir le coup lancé, se précipite de son cheval pour aller auprès de sa bien aimée, qui, faible, chancelante, se laisse aller dans ses bras. Il la reçoit sanglante, et portant sur ses traits qu'il découvre la pâleur de la mort; il se frappe alors la poitrine; il maudit sa valeur et l'art des combats; il verse des larmes amères sur le sort d'Isabelle. Il la soutient dans ses bras, et cette sœur aimante lui dit : « Tu vois quelle a été notre méprise : toute la nuit nous avons combattu l'un contre l'autre sans nous reconnaître. Si, malgré cet accident, nous avons pu résister à l'ennemi, que ne feras-tu point lorsque tes troupes et les miennes seront réunies? Va, cours, vole à la victoire; laisse-moi terminer mes jours en paix : ne suis-je pas trop heureuse en mourant, de n'avoir donné ma vie que pour toi ! »

Ces paroles réveillent toute la tendresse du comte. Voyant sa sœur en danger de mort, il ne pense point à la venger sur un ennemi qui, malgré lui, avait respecté ses jours : c'était à lui seul d'expier le crime que son bras avait commis. Il pleurait, il poussait des gé-

missemens; il pressait d'une main ce
flanc si cher pour en arrêter le sang; il
appelait à son secours des flots de guerriers, que l'ennemi victorieux repoussait
sur lui. Bientôt il est enveloppé, reconnu : Beaudricour, qui combat dans
l'armée royale, l'apperçoit et le frappe
de son épée qui, entrant dans sa bouche
ouverte pour implorer assistance, lui
descend dans le gosier, et le renverse
mort.

Le comte ouvre les bras, laisse aller
Isabelle qui tombe la figure tournée vers
le ciel. Beaudricour, qui l'a tant aimée,
la réconnaît. Voyant le comte mort et
se croyant veuf par la mort de madame
de Ponthieu, il ose former le projet de
posséder Isabelle. Il saute à terre et veut
lui donner des secours. La plaie ne paraît pas dangereuse. On le voit se livrer à
la plus flatteuse espérance. Déjà il saisit
Isabelle, et, la portant dans ses bras, il
veut la poser sur son cheval et la sortir
de la mêlée; mais Isabelle reconnais-

sant Beaudricour, et craignant par dessus tout de tomber en ses mains, fait
effort pour lui résister. Elle veut expirer
sur le corps sanglant de son frère.

Dans ce moment, quelques-uns de ses
soldats sont repoussés de son côté; ils
la reconnaissent. Ils croyent que Beaudricour fut son meurtrier. Ils le percent
de mille coups. Ils veulent aussitôt emporter Isabelle; mais assaillis de toutes
parts, ils sont contraints de fuir. La
cavalerie ennemie vole à leur poursuite,
foule aux pieds le comte, Beaudricour,
Isabelle; et après la bataille on les trouve
morts tous trois à côté l'un de l'autre.
Beaudricour semble mordre encore la
terre avec une sorte de rage, et Isabelle, penchée vers son frère, tient encore la main sur le cœur de cet ami,
pour écouter, sans doute à son dernier
soupir, s'il respirait encore.

Telle fut la fin de ces jumeaux. Ayant
reçu la vie de l'Eternel au même instant et dans le même sein, ils mouru-

rent sur la même terre et au même moment, comme ils l'avaient constamment desiré.

Le cardinal Jouffroi, après avoir admiré leur valeur, vint s'étonner de leur tendresse et donner une larme à leur infortune, en les contemplant morts sur le champ de bataille. Il fit dresser un monument simple. Il ordonna qu'ils y fussent déposés, faisant des vœux sincères pour que le seigneur les accueillît dans le ciel.

Quand le jour parut, on vit flotter l'étendard royal sur les murs de Lictoure où Lescun avait péri. Charles, accablé par tant d'infortune, se retira avec les débris de sa petite armée sur une hauteur, où il rendit les armes s'en rapportant à la loyauté du roi. Mais le monarque le fit jeter dans une prison obscure. Il y mourut en peu de jours, de regrets, de ressentiment et de dépit.

Quant à la seconde branche des d'Armagnacs, sortie également du connétable, et dont nous avons parlé lors du procès entre les deux familles, elle eut un sort peut-être encore plus affreux.

Bernard, second fils du connétable, avait eu d'Eléonore de Bourbon deux fils, l'un nommé Jean et l'autre Jacques.

Louis XI fit trancher la tête à Jacques, aux halles de Paris.

Brantôme en rapportant cette mort, dit : « Le duc de Nemours et son frère (les deux enfans de Jacques décapité) y étaient présens (au supplice), et fort jeunes encore, ainsi que j'ai ouï dire à ma grande-mère, et étaient vêtus tout de blanc, têtes nues et mains jointes, et le sang de leur père les teignit tous et les enrougit tombant de l'échaffaud en bas. Ainsi le voulut le roi, pour leur donner exemple et crainte. »

Jean d'Armagnac, frère du décapité, était évêque de Chartres. Il mourut de douleur en apprenant la mort de son frère.

*

Enfin, le duc de Nemours, dernier et unique rejeton de cette famille, mourut à la bataille de Cerizolles, après s'être acquis la réputation d'un grand capitaine.

C'est ainsi que lorsque le sort s'attache à une famille, elle la foudroye jusqu'en ses fondemens. Il en fait de même des empires. Tous les établissemens humains, toutes les générations tombent sous la faux du tems et du crime. La vertu survit malgré les méchans, pour offrir dans l'éternité un asyle à l'homme de bien qui succombe.

FIN DE LA QUATRIÈME ET DERNIÈRE PARTIE.

De l'imprimerie de J. F. BARRAU, rue Pavée Saint-André-des-Arcs, n°. 5.